여름 상설 공연

여름 상설 공연

박은지 시집

민음의 시

288

민음사

나 진짜 열심히 사랑할 거야
더 많이 더 오래 성실하게

엉망진창이어도
꼭 살아 있자 우리

2021년 9월
박은지

차례

3부 봄의 끝에서 펄럭이는

1부
창밖엔 꽃눈

내가 꾸고 싶었던 꿈

갓 쏟아진 물이었을 때

그곳에 숨어 들어가
낮잠을 잤다

꿈에서는 친구였던 사람들과 인사를 나누었고
날이 맑았다 선명하게
빛을 가르는 건 나무뿐인 곳에서 머리카락은 금방 자라고
너의 빗질을 따라 꿈이 흘렀다

아이들이 소리를 지르며 달린다
막 태어난 소리가 흩어지고 나무는 어제와 같은 속도로
늙어 간다

숨어 들어갈 물이 없어
창문을 닫아걸고 바람이 자라는 것을 본다
친구였던 사람들의 목소리가 창문을 두드린다
걷잡을 수 없이 쏟아지는 나뭇잎이 밤을 불러오고
내가 꾸고 싶었던 꿈을 사람들이 무어라 불렀는지
잠잠히 생각하고 있다

횡단 열차

왼쪽 창문이 마을과 사과밭, 갈대숲과 작은 폭포를 지나는 동안

오른쪽 창문은 이름 모를 산을 통과하고 있었다

우리는 열차 안에서 도시락을 먹으며 아름다운 창문을 보았다

얼어붙은 강을 모두 지날 때까지

요괴와 요정 중 누가 더 현실적인지 우기다가

요괴의 종류에 대해 들었다

사람을 돕는 요괴, 사람에게 장난치는 요괴, 사람을 해치는 요괴

요괴가 착한 사람도 해쳐?

착한 사람이라니, 착한 사람이라니!

착한 사람과 나쁜 사람을 구별할 줄 아는 요괴는 사람이 만든 이야기에나 나와

그렇구나 착한 사람과 나쁜 사람을 구별하는 건 나도 어려워

나무와 나무 사이는 철길보다 어두웠으므로

너는 대체 어디서 요괴를 본 거냐고 묻지 못했다

나무를 자세히 봐 봐 요괴의 발자국이 보여

질주하는 열차 안에서 어떻게 그게 보이냐는 코웃음에
도 너는 진지한 얼굴을 잃지 않았다

나는 자꾸 나무와 나무 사이만 보게 되었는데

우리를 따라오는 요괴의 움직임이 보이는 것 같아 겁이
났다

아직 잊지 못한 잘못이 빠른 속도로 뒤따라와 빈자리에
앉았다

왼쪽 창문이 동백 군락지 위로 쏟아지는 볕을 지나는
동안

오른쪽 창문은 여전히 이름 모를 산이었다

우리 어디서 내리지? 얼마나 남았지?

너는 아무 대답 없이 오른쪽 창문만 바라보았고

요괴 앞에 늘어놓을 잘못의 종류를 헤아리다 나는 괜히
억울해졌다

터널로 들어서자 양쪽 창문을 가득 채우는 얼굴들

그제야 너는 나를 바라보고 악수를 청했다

몽타주

창밖엔 꽃눈
내다보지 않아도
왼쪽엔 단풍, 오른쪽은 앙상한 가지
그 아래 젖어드는 낙엽, 그 옆으론 바람꽃
더 멀리는 초록이 무성한
한 그루의 나무라고 하기에는 너무 거대한 나무

모든 계절을 살아 내는 거대한 나무가 좋아
거대한 나무도 예전엔 평범한 나무였을걸
나무줄기를 두 팔로 안을 수 있는 평범한 나무
바람의 곡선을 따라 하나의 계절만 살아 내고 말지
물음에 물음으로 답하며 창을 닫았다
우리의 몸 위로 흔들리는 거대한 나무의 그림자

오리 배를 탔다
오리 배는 물결을 따라 선착장에서 자꾸만 멀어졌다
일정한 방향으로 밀려나는 물결
어디로 가야하는지 알 수 없었지만
갈 수 없는 곳과 돌아갈 곳은 명확해서

우리는 땀을 흘리며 페달을 밟았다
오리 배는 오래도록 강 위에 머물렀다

모든 계절을 한 번에 살아 내는 건 어떤 기분일까
성실한 것일까 어쩔 수 없는 것일까
그건 봄에도 겨울을 사는 사람만 알 수 있어
한 계절에 마음이 묶이면 모든 계절이 뒤섞여 들어오니까
선착장에 묶인 오리 배처럼
나는 괜히 다리가 아파 손을 꽉 쥐었다
눈을 감으면 물결 위를 넘실거리는 기분

천변 벤치에 앉아
빈 가지 너머 꽃잎이 흩날리는 것을 보았다
눈처럼 날아와 우리의 그림자 위로 떨어지는 꽃잎
아름답지만 오지 말아야 할 곳에 온 거야
무성한 잎사귀에서 떨어지는 물방울
거대한 나무는 점점 더 거대해지고
우리는 냇물에 발을 담그고 오래도록 거대한 나무를 바
라보았다

그렇게 여름

그가 사라진 이유에 대해 여러 이야기가 오갔습니다 간혹 낭만적이기도 했지만 대부분은 끔찍한 짐작 사람들은 그가 없는 그의 집을 방문했습니다 비밀을 챙겨 나오거나 비밀을 숨겨 놓으려고요 풍요로운 한때로 기억합니다

책이나 사진, 수첩은 물론 부엌 창과 테두리가 사라졌고 화분은 깨끗이 비워졌습니다 새로운 책, 사진, 수첩이 생겼고요 처음 본 커튼과 전신 거울, 사람들의 발자국이 그의 집을 장식했습니다 라벨이 벗겨진 와인병이 바닥을 구르고 드문드문 꽃가루가 흩날립니다 곧 꽃이 필 테지요 담쟁이 덩굴은 벽을 따라 자라나고 멀리서 찾아온 파도는 그대로 그의 집이 되었습니다

어느 비밀이 사라지고 어느 비밀이 남았는지는 사라진 그만이 알 것입니다 저는 그의 책상 서랍에서 전시회 티켓을 들고 나왔어요 그는 전시실 사이 빈 공간으로 저를 데려가 아무도 묻힌 적 없는 새 무덤을 마련해 놓았다고 말했습니다

비밀이 그대로 집이 되자 사람 사는 것 같았어요 낭만적
이고 끔찍했습니다 새 무덤에는 잔디가 자라났고 무덤 문
이 열릴까 조마조마했던 마음 그러나 별일 없이 낮과 밤이
지나갔고요 숲에서 누군가 걸어 나오는 소리가 들리던 밤
사람들은 창문을 숨기고 모든 불을 꺼뜨렸습니다 골목마
다 라일락 향기 그렇게 여름이 오는 것입니다

밤을 건너는 손바닥

"그래도 무언가 배운 것 같아"
"실패에서도 배우는 게 인간이래"

눈이 내리지 않아도 누군가는 미끄러졌다
부서진 햇빛이 창문에 닿으면 쏟아지는 잠
눈을 감으면 그림자처럼 어른거리는 빛

가끔 꿈에 들르는 친구들은
나의 팔다리를 들고 서성이다가
우리는 헤어지지 않을 거야 같은 말을 다정하게 속삭였다

더운 나라에서 지도 없이 걷는 것을 좋아했어
땀 범벅이 된 등을 따라 걸으면 두 개의 그림자가 모두
내 것 같았어
그럴 땐 어떤 말도 필요 없었는데
친구들은 아무 말 없이 내 손을 들어 창밖으로 내밀었다
쏟아지는 비가 손바닥에 고이고

나는 소파 아래에 앉아 편지를 기다렸는데

기다리는 편지 대신 아무렇게나 누워 있던 다리가 나를
향해 걸어왔다

홍합 스튜와 와인, 페퍼로니 피자, 또 무엇인가를 잔뜩
사 들고 온 친구들은
모두 배부르게 먹고 죽지 않을 정도로 취했다
겨울이 다 가도록 춤을 추면서
작업이 중단된 공사장을 구경하거나 강가의 얼음이 녹
았는지 확인하며 시간을 보냈다
얼음이 반짝일 때 누군가는 엉엉 울며
인간 같지도 않은 새끼라고 욕을 하고

반쯤 무너진 케이크를 먹었다
컵이 깨지지 않아 다행이라고 안도하며
편지가 도착하면 눈물이 쏟아질 것 같아
미리 정해 둔 답을 여러 번 되뇌기도 하면서

낮의 길이가 길어지자 친구들은 어깨동무를 하고 집으
로 돌아갔다

아득해진 웃음소리에 괜히 마음이 충만해져
턱 끝까지 이불을 덮고 잠이 들었다

창문을 닦는 소리
깨어나 몇 걸음 내딛다 쓰러졌고
화장실 타일은 멀쩡했다
샤워기에서 쏟아지는 물줄기
나는 손바닥에 고인 물을 보며
그래도 무언가 배운 것 같다고 중얼거렸다

짝꿍의 자랑

국경 근처에 위치한 학교는
1년 중 9개월은 너무 추워서
반 친구들이 속수무책으로 꿈을 꾸었다

샤프심으로 손등을 콕 콕 찔러 보아도
폭설처럼 눈꺼풀이 쌓이는 윤리 시간
눈 덮인 교실은 고요했고 눈 속은 소란했다

로또 1등 당첨이나 합격의 꿈을 꿀 때도 있었지만
문설주에 양의 피를 발라도
악마는 교실 문턱을 넘었다

자꾸 선생님인 척하는 악마에게
습관처럼 고개가 숙여졌다

눈 덮인 교실은 고요했고 눈 속은 무서웠다

짝꿍의 자랑은
눈 뜨고 잠들 수 있다는 것

짝꿍의 눈을 손전등 삼아
손을 잡고 꿈 밖으로 달아났다

수업 시간에 졸았다고 선생님께 혼이 났지만
손이 따뜻한 짝꿍이 자랑스러웠다
그렇다고 악마가 사라진 건 아니었지만

노래할 때는 눈을 감는 짝꿍과
당연하게도 사랑에 빠졌고

국경 근처에 위치한 학교는
1년 중 9개월은 너무 추워서
눈 감고 노래하는 짝꿍이
얼마나 비현실적인지 자랑하느라
땀이 났다

사실 짝꿍이 현실인지 악마가 현실인지
분간하기 어려웠지만

속수무책으로 땀을 닦느라

눈을 뜨고 감는 게 가능한 일인지 알 수 없었지만

짝꿍의 손을 잡고 영영

국경 너머로 달아나고 싶었다

그래도 될 것 같은 사랑이었다

눈을 뜰 수 있다면

활활 타오르는 불을 구경했다

저게 우리의 미래야
나는 거대한 캠프파이어 같다고 생각했지만
너의 눈동자를 오래 들여다보니 왠지 그런 것 같기도 했다
뜨겁고 빛나는

우리가 머물던 의자도 불타고 있을걸
의자 아래에선 잡초가 적당한 높이로 자라고
우리가 흘릴 아이스크림을 기대하며 발등을 오르던 개미
의자 옆에는 결말을 쌓아 만든 돌무더기가 있었다
돌무더기를 뒤덮은 나무 그림자도 뜨겁게 빛나고 있을까

밤새도록 타는 소리를 들었다
꿈에선 결말의 비밀이 불탔고
모든 이야기가 다시 끓기 시작했다
들끓는 꿈

새벽은 연기가 점령했다

아침 냄새와 저녁 냄새를 모두 불에 빼앗겼다
계곡을 따라 불이 사라진 자리를 걸었다
검은 하늘 아래 검은 재가 가득했다
모두 비슷한 색을 갖고 있었다
발이 묶인 것 같은 기분이야

그렇게 불타고도 남은 게 있다니
미래는 정말 멋지다
너의 말을 들으니 걸어 볼 마음이 생겼다
키들키들 웃으며 타고 남은 재를 서로의 얼굴에 묻혔다
손과 얼굴이 모두 검게 변했다 발은 말할 것도 없었다
모두 비슷한 색을 갖고 있었다

너의 눈동자만 들여다보았다

창밖이 푸른 곳

그렇게 하면 너의 이름이 지워지는 것입니까

창밖은 푸르고, 우리는 매일 모여 너의 이름을 지운다.
지우기 위해 태어난 사람들처럼.

오늘 너의 이름은 눈으로 하자. 꼭꼭 뭉쳐도 그럴듯하고,
입속에 넣고 휘파람을 불어도 좋지. 흘러내리는 이름을 물
감 삼아 그림을 그렸다. 그림을 찢어 이곳저곳에 붙이면 아
름답다. 아름다움을 구경하는 일이 좋았다. 우리는 교탁 아
래 숨겨 놓은 구슬을 찾거나, 잠자리알을 구경하며 서로의
귀를 막아 주었다. 우리가 지운 너의 이름을 모란 무늬 셔
츠에 더듬더듬 새겨 넣는 일도 중요했지만, 창밖 누군가가
손전등을 비출까 겁내는 일도 중요했다. 다시 태어나면 어
쩌지. 의자를 모두 뒤집어 쥐를 찾기도 했다.

한데 모아 작은 웅덩이를 만들자. 오늘 너의 이름은 비.
웅덩이에선 풀이 자라고, 우리가 지닌 여러 바닥의 얼룩이
웅덩이를 장식하기도 했다. 멋진 이끼에 감탄하며 손으로
쓱쓱 밀었다. 이름은 금세 초록색으로 변했다. 초록색 비는

아름답다. 너의 이름은 창밖에 흐르는 구름처럼 녹아서 우리의 물장구 사이로 말라 버릴 거야. 그런 믿음으로 지운다. 지워지기 위해 태어난 사람들처럼.

글쎄…… 나는 사실 어제의 너였다고 말하면 대답이 될까

창밖은 푸르고, 사람들은 파도를 구경했다. 파도에 밀려 온 털 뭉치나 나무 조각, 농약병 등을 주웠다. 머리가 반쯤 없는 인형의 모란 무늬 셔츠가 가위에 잘려 나갔고, 찌그러진 탁구공과 낙석 주의 표지판 같은 것들이 한데 모였다. 누군가는 손전등을 들고 여기저기 무언가를 찾고 있었다.

짝꿍의 모래

1년 중 9개월은 너무 추운 이곳에도
여름이 찾아왔다
긴 옷을 벗는 일은 쑥스럽지만
팔다리는 볕을 좋아하지
검게 변신할 수 있는 유일한 시간

여름이면 짝꿍과 바다에 갔다
작은 마을의 경계에는
하얗고 고운 모래사장
저 멀리엔 표정을 알 수 없는 아이들이
팔다리를 볕에 내놓고 있었다

먼 미래를 걷는 것 같아
모래사장을 거닐며 짝꿍에게 말했다
우리의 미래가 이렇게 하얗고 곱다니
짝꿍은 박수를 치며 기뻐했다
까마득한 미래에도 우리는 부서지고 있는 거냐고 묻지
못했지만

바닷물에 몸을 적시고
알알이 부서진 미래를 모아 성을 쌓았다
검은 파도가 금세 성을 집어삼켰다
다시 성을 쌓고 마을을 만들면 검은 파도는
우리의 발까지 집어삼켰다
짝꿍이 또다시 그을린 팔다리로 조개껍데기를 주워 성벽
을 장식하면
나는 또다시 무너질 성을 생각했다
부서진 미래가 전부 바다로 쓸려 가 버리면 우리는 어떡
할까

그러면 내 미래를 나눠 줄게
짝꿍은 두 손 가득 모래를 들어 올렸다
함께 꿈꾸면 그 미래는 커질까 아니면 작아질까
알 수 없었지만
고개를 끄덕였다
내 미래를 다 쓰면 너의 미래를 가져다 살게
다시 성을 쌓아 올리고

아직 가 보지 못한 먼 밭의 검은 흙에선 열매가 익어 가고
있었다

짝꿍의 이름

가끔 짝꿍은 작정하고 잠만 잤다
0교시부터 시작된 잠은
국경 근처, 이름 모를 짐승의 울음소리가 들릴 때까지
계속됐다

2교시엔 짝꿍의 코에서 흘러나오는
삑삑 소리를 따라하며 즐거웠지만
6교시쯤 아무 소리도 들리지 않으면
나도 모르게 주먹을 꽉 쥐었다 식은땀이 났다

학교에서 집으로 돌아오는 길은 너무 추워서
우리는 늘 손을 잡고 걸었다
짝꿍의 꿈 이야기는
마을을 몇 바퀴나 돌고 돌아 발이 꽁꽁 얼 때까지 계속
됐다
마을 곳곳엔 낭떠러지가 많아
우리는 늘 조심하며 걸었다

낭떠러지의 꿈은 이어지고

짝꿍은 종일 낭떠러지 아래서 이름을 주웠다
봄꽃을 닮은 이름, 달리기를 좋아하는 이름, 잘 웃는 이름
주워도 주워도 주워지지 않는 이름을 붙들고 엉엉 울었다
잠에서 깨면 그 이름을 잊는다고 엉엉 울었다

속이 상했다
우리 마을엔 낭떠러지가 왜 이렇게 많을까
궁금했지만 아무도 말해 주지 않았다
누구도 위험하다고 말해 주지 않았다
우리는 손을 좀 더 꽉 잡는 수밖에 없었다

짝꿍의 꿈속으로 들어갈 수 있으면 좋으련만
삑삑 소리에 즐거워하지 말고
주워지지 않는 이름을 같이 부르면 좋으련만
아니 이름을 주워 국경 너머로 달아나면 좋으련만
아니 그보다 먼저 낭떠러지를, 아니
이 모든 게 꿈이면 좋으련만

작정하고 잠만 잔 날, 잠들지 못한 날에도

우리는 마을 곳곳의 낭떠러지를 찾아다녔다

책가방 가득 돌을 채워 마을 사람들의 집 앞에 쌓아 두
었다

집집마다 돌을 한 무더기씩 나눠 가졌다

줍지 못한 이름이 없을 때까지

봄꽃은 봄꽃처럼 피어나고, 달리기는 달리기로 살아 있
고, 웃음이 잘 지낼 때까지

낭떠러지가 사라질 때까지

낭떠러지를 지고 살기로 했다

아끼는 비밀

무늬가 아름다운 건물을 보았다
천 개의 조각이 꼭 맞게 완성된 퍼즐 같기도 하고
스노볼 안에서 헤엄치는 빛 같기도 했다

손잡고 싶다는 말 대신 무릎이 아프다고 말했다
왼다리보다 오른다리가 짧아서 그래
오른쪽부터 무너질 거야

몇 걸음 더 옮겨 보니 벽엔 온통 금이었다
이걸 다 세다가는 밤이 모두 지나가겠다
금마다 성실하게 칠해져 있는 페인트

그림자를 밟으며 아끼는 비밀을 꺼내 놓는다
다정하게 대해 달라는 말 대신 누구에게도 말하면 안
된다 약속하며
물빛을 칠한 비밀을 꺼내 놓는다

비밀을 들고 달아나는 사람이 많았어
다들 잘 살고 있으면 됐어 괜찮아

매번 다른 색을 칠해 놓았으니까
어느 비밀이 진짜 비밀인지 아무도 모르겠지
그럼 그건 아직도 나의 비밀일까

금이 깊어지면 틈이 된다
틈이 깊어지면 그 사이로 손을 넣을 수도 있다
죽은 잠자리를 꺼낼 수도 있고 물이 쏟아져 나올 수도
있다
조금 더 긴 왼다리를 잡아 꺼내면 무늬 없는 나도 흘러
나올 거야

오른쪽으로 무너진 빛이 뚝뚝 떨어질 수도 있다
그때 너는 어느 쪽에 서 있을래?
온기가 필요하다는 말 대신 노을이 아름답다 감탄하며
우리가 날 수 있다면 노을의 금을 볼 수 있을 거야

그래도 변함없이 무너질 날들

작은 물결

호텔 수영장은 14층에 있었다
이렇게 높은 수영장은 처음이야
어둡고 평화로운 하늘

바닥을 생각하지 말고 하늘만 봐
이렇게 높은 곳에서 어떻게
바닥을 생각하지 않을 수 있을까 생각하며
물 위에 누웠다
팔 다리 귀가 잠기고 눈 코 입이 물 위에 놓였다
바닥이 보내는 신호음 같은 것을 듣는다

내가 만든 작은 물결이 떠올랐다
발이 닿지 않는 수영장으로
선생님이 친구들을 차례로 내던지면
물은 휘청거리며 친구들을 감추었다
선생님의 커다란 손이 겨드랑이로 파고들 때
살려 달라고 소리 지르는 나를 보며 모두 웃기만 했다
환하게 웃는 얼굴들은 평화로웠고

죽은 줄 알았잖아
친구가 날 일으켜 세웠다
"난 내가 살아 있는 줄 알았어"
왜 아무도 나와 같은 표정을 짓지 않았을까
친구들이 차례로 물 위에 떠오르는 꿈
어떤 친구의 표정도 따라할 수 없어 물에 고개를 묻으면
작은 물결이 눈 코 입으로 모여들곤 했다

비가 오려나 봐 아까보다 깊어진 것 같아
우리가 함께 짓지 못한 표정이 바닥에 넘실대고 있었다
그것들을 주워 모으기엔 수영장은 너무 높았고
나는 하늘을 쳐다보며 꿈에서 깨기만을 기다렸다
어둡고 평화로운 수면 아래
귀가 간지러웠다

하염없이 긴 계단

아름다운 방을 선물받았다
밥을 먹고 나무를 키우고 비를 피했다

하염없이 긴 계단이 있었다
내려가도 내려가도 그 끝을 몰랐고

좋으면 아름답다고 말할 수 있었지만
노래를 외우고 손과 발을 맞대는 일은 어쩐지
쓸쓸하기만 해

그렇게 아름다운 방을 떠나왔지

금세 새 방을 얻었다
방은 비어 있었고 사방은 막혀 있었고 어디를 향해도
끝이었다

계단 끝엔 꽃이 자라고
부르는 소리와 듣는 소리가 화음을 이루고

새 방을 꾸며야지 무엇보다 아름다운 새 방을 만들어야지
아무리 애를 써도

내가 떠나온 아름다운 방만 떠올랐다
어디든 계단이었다

하염없이 긴 계단을 오르고 또 올랐다

좀처럼 아름다운 방을 완성할 수 없었다
무엇보다 아름다운 새 방을 만들어야 하는데
떠나온 방만 더 아름다워지고 있었다
원래 모습은 생각나지도 않을 만큼

영영
더 아름다워지고 있었다

공동주택

문을 잠그고 돌아서는 저 사람은 저 집 주인이 아니다
지금은 빈 가지만 무성하지만 7월이면 능소화 수십 송이
가 피어나는 담벼락의 주인은 저 사람이 아니다 한 번도
본 적 없지만 지나갈 때마다 낮은 소리로 컹컹 짖는 커다
란 개의 주인은 저 사람이 아니다 길고양이들이 낮잠을 자
거나 사람들의 발걸음을 피해 훌쩍 올라서는 긴 계단의 주
인은 저 사람이 아니다 불길한 그림자를 눈으로 좇다가 창
문을 닫았다 창문에 비친 얼굴이 말을 걸었다 너도 이 집
주인이 아니잖아 입을 다물고 등을 돌렸다 저 그림자가 주
인이 아니기를 계절이 산산조각 날 때까지 빌었다 건물이
허물어졌다 다시 세워졌다 문을 열고 나갈 수 있을까 현관
앞에 서 있었다 문밖의 발소리가 잠잠해질 때까지

2부
두 손은
한 줌의 재

녹지 않는 눈

윗집 아이가 마을을 떠났다

발소리를 두고 떠났어
창밖엔 깃털처럼 눈이 내렸다

모두 꿈이라는 건 일리 있었다
어느 정도는 꿈이라고 믿는 편이 괜찮을지도 모르니까

주인을 잃은 발소리는
시끄럽고도 보드라웠다
무어라 말하는 것 같기도 했지만
마을의 모든 귀를 모아도 알아들을 수 없었다

책을 뒤적이거나 스노볼을 들여다보며
소리 없는 걸음의 행방을 그려 보기도 했다
그러나 알고 있었어
한 계절 내내 꿈의 기록을 뒤져도
우리는 소리 없는 걸음의 행방을 짐작할 수 없었다

발소리는 폭설처럼 쏟아지고
아프면서도 차가운 그 발소리를
밤이 전부 지나가도록 받아 적었다
또 다른 발소리가 다가온다
꿈의 기록은 끝도 없이 이어지고

온통 하얀 창밖으로 작은 발자국이 무성하다
다시 내리는 눈

의자들

선생님에겐 의자 세 개가 있다
나는 적당한 의자에 앉아
창밖을 바라보거나
끝나지 않는 라디오를 들었다

그럴 때면 셀 수 없이 많은 미래가 주위를 맴돌았다
그것들을 하나씩 펼쳐 보는 일은 즐거웠다
녹조가 흐르거나 파스스 흩어지거나 빛을 뿜거나 따뜻
하게 녹아내리거나
살아 볼 만한 미래에겐
빈 의자를 내어 주고 오래 이야기를 나누었다

나도 멋진 의자를 갖고 싶었다
창밖을 내다보거나
더 많은 미래를 펼쳐 보고 싶었다
멋진 의자를 세 개나 들여 놓기에는
어느 쪽이든 여유가 없었다
고민 끝에 낚시 의자와 욕실 의자를 꺼내 놓았다
책상 의자까지 세 개가 완성되었다

높이가 맞지 않아 그럴듯해 보였다

아무도 찾아오지 않는 날들이 이어졌다

선생님은 혼자일 때도 의자를 비워 두지 않는다고 했다
나도 빈 의자에 나무 바람 햇볕
여유가 없어도 만날 수 있는 것들을 초대해 보았다
방에선 나무가 곧잘 죽었고
바람이 불지 않는 날이 오래되었다
햇볕이 닿기엔 너무 작은 창문
그래도 나는 창을 열었다
더 많은 미래가
생각지도 못할 곳에서 다가온다 생각하면 마음이 부풀
었다
소리를 지르고 싶었다

밤이 깊어지도록
아무도 오지 않았다
밤이 다 지나가도록 의자는 비어 있었다

아무도 몰래 선생님의 반질반질한 가죽 의자에 앉았다
눈앞이 캄캄했다
나도 모르게 의자에서 벌떡 일어나 집으로 달렸다
창문을 닫고 벽에 기대 앉아 의자가 있던 자리를 바라보
았다

계단과 물

너와 걸으면 어디든 갈 수 있을 것 같아
언제나 끝이 있고
끝에는 물이 반짝이는

할 수 있을 것 같다는 마음은 반드시
할 수 없는 일로 돌아오고
오늘 나는 춤출 수 없겠지

보이지 않는 끝을 가리키며 그 너머를 얘기할 때
네가 나를 바라볼 때

오늘만큼은 수영을 할 수 있을 것 같아
그러나 그것은 느낌일 뿐

물속을 걸었지
미끄럽고 부드러운
느리고 조용하게

우리 좋은 얘기만 하자

계단에서 뺨을 맞았어
여기는 계단이 없어서 다행이지
물속에서 나눌 수 있는 좋은 얘기들

손을 힘껏 뻗어도 수면은 그 너머에 있고
빛은 수면에서 춤을 춘다
하고 싶은 얘기와 좋은 얘기는 같지 않다는 것을 배웠어
산책의 끝을 궁금해하며

헤엄치는 너의 물보라를 따라
너의 뒷모습을 따라
멀어지는 빛을 본다
조금은 더 걸을 수 있겠지
끝없이 반짝이는 수면

느리고 조용하게

주말 상설 공연

이번 주말은 특별히 이해와 공감의 축제
땀 흘리는 아이들과 스웨터를 껴입은 모두에게 알맞은
바람
남몰래 연습해 온 외줄 타기를 오늘 선보이게 되었습니다

누가 본 걸까 나의 외줄 타기를

아무도 몰래는 실패했습니다
누군가가 눈을 숨겼을 기둥을 이해해 보려고 합니다

지난주에 줄에서 떨어진 사람은 어떻게 되었나요
덕분에 제가 줄에 오르게 되었어요
왜 아무도 대답해 주지 않는 걸까

격려의 박수가 쏟아집니다
수많은 손이 부딪칩니다
볕이 뜨거운 날에는 고개를 끄덕여 주는 것들이 좋았는
데요
동아줄 한가운데로 발을 옮깁니다

줄을 흔들면 뛰어오를 수 있습니다
그런데 내가 줄 위에 착지한 적이 있던가

격려의 박수가 장마처럼 이어지고요
모두들 잘했다고 괜찮다고 평화로운 얼굴로 돌아갑니다
이해와 공감의 축제는 만족스러운 피날레를 맞이하고

어디까지 본 걸까 나의 찢어진 밤을

아무도 몰래 줄 위에 올라
누구도 듣지 못할 말을 내뱉습니다

생존 수영

우리는 많은 일을 함께했지
너에게 수영을 배운 건 정말 잘한 일이야
평소엔 아무 일도 일어나지 않았지만

내가 가진 숨은 이 정도라는 것
깊이 가라앉을 수 있다는 것

눕기만 하면 돼, 동작이나 호흡 같은 건 중요하지 않아
별일 아니라는 태도 덕분에
두 손은 어깨를 밀고

내가 물에 뜰 줄 몰랐어
물 밖으로 얼굴을 내밀고 이곳저곳을 돌아다녔다

웃음을 참지 못하는 사람들
그 틈으로 흐르는 구름과 쏟아지는 볕
아무렇게나 휘저어도 어디론가 나아가는 팔과 다리, 그
을린 얼굴
숨을 뱉으면 들이마실 수 있다

길에서는 가라앉지 않는다
살아 있는 사람처럼 길을 걷는다
별일 아니라는 듯이

반듯한 사랑

뚱뚱한 너를 좋아해
침대를 가져 본 적은 없지만 침대 같고
수심이 깊은 수영장 같아
내 키를 훌쩍 넘는

어제는 내 코를 깨물었지
코가 뜯겨 나가는 것 같았지만
세수할 때 욱신욱신했지만

코가 있다면
우리는 더 오래 함께할 수 있을까
내 코가 튼튼했으면 좋겠어

폐차장에 갔었다
퉁퉁 불은 차들이 도서관의 책처럼 켜켜이 쌓여 있었다
다신 빌려 볼 수 없는 것들
반듯한 쇳덩어리를 만나면
반듯하게 납작해질 수 있다
한 권의 책 같은 덩어리가 될 수 있다

점점 더 뚱뚱해지는 너를 좋아해
반듯한 덩어리의 꿈을 꾼다
어느 날은 어깨를 물어뜯기고, 어느 날은 깊은 물에 잠
겨서

코가 있다면
숨을 쉴 수 있을까
내가 좀 더 반듯했으면 좋겠어
어떠한 굴곡도 없이

구름 위에서 달을 볼 때

새벽에 조금 울었다

수면을 가로지르는 배
꿈에서는 손이 불탔다

푸른빛이 아름다웠고
하얀 조약돌과 물보라가 찍힌 폴라로이드, 오래전 두고
온 잠든 엄마의 얼굴, 밤새 산산조각 낸 이야기가 푸른빛
을 내며 타들어 가고
불을 꺼 달라고 소리를 질렀다

목소리는 소리 내는 법을 잊었고
푸른빛을 보고 몰려든 사람들
반성의 시간이 길어진다

저마다의 언어로 안부를 전하고
왠지 몰라도 모두 알아들을 수 있었지
누구는 이제 시작이라고 어깨를 두드렸고
누구는 감탄하며 불타는 손을 카메라에 담았다

누구도 불을 꺼 주지 않았고 누구도 손을 잡아 주지 않
았지만
　바위섬엔 나무가 자라고 꽃이 피고
　얼마나 더 반성해야 침묵의 시간이 지나갈까

　불타는 손은 점점 하얘진다
　흰빛과 푸른빛이 어우러져
　어쩐지 꿈이구나
　반성의 시간이 끝나고 떠나는 사람들
　노를 저으며 나아가고

　두 손을 모으니 더욱 커지는 불꽃
　기도한다
　구름 너머의 달을 위해, 길과 빛을 위해, 작은 창을 두드
리는 고양이를 위해
　저마다의 언어로, 저마다의 침묵으로
　신이 찾아와 기도를 들어줄 거야

　믿음은 수면을 가르고

꿈에서 깨어나니
창밖이 푸르다

두 손은 한 줌의 재

옥탑에게

작고 뜨거운 옥상
초록이 녹는 곳

초록이 발에 달라붙는다
날 붙잡는 것들이 좋아
덕분에 사랑할 수 있어

넌 대답 대신 비밀을 꺼냈다
난 비밀을 나눠 갖는 게 조금 그래
차라리 비를 나눠 가졌으면

그러나 해는 지칠 줄 모르고

빛이 무수한 해변
우리는 붉은 모래 위를 걸었다
모래로 뒤덮인 사람들을 지나며
우리는 웃고 있었을까

다리가 아프면 저 멀리 단풍 섬을 구경하기도 했다

달라붙는 손, 기분이 좋아 걸음이 흐르고

비밀 이야기를 듣다 잠든 것인지
비밀 이야기가 꿈 같았던 것인지

너의 등 뒤로 하늘이 보였다
서로 더듬이를 부딪치며 소리 내는 빛
처마 밑에 죽 늘어서서 일제히 손뼉을 치는 빛
아무리 들여다봐도 너의 표정엔 이름이 없어
캄캄하기만 해
넌 웃고 있을까
겁이 나

침대 밑까지 초록으로 끈적끈적했다
멋진 옥탑이야
너의 손을 붙들고 말했지만

초록이 모두 녹으면 그 자리엔 무엇이 남을까

해를 따라 붉어진 나무가
계절을 기다리고 있다

산비둘기 찾아와 둥지를 틀고

암벽등반만이 빨간 선을 얻었다
성공을 축하해 하고 말하려다 입속에 쌓아 두었다
친구는 암벽등반 후 죽을 만큼 아팠으니까
어딘가에 오르는 일은 힘든 일이야, 다른 일도 마찬가지
겠지만

뒤집어진 양동이엔 무엇이 담겨 있었을까

난 늘 그 수첩이 탐났다
암벽등반, 패러글라이딩, 파랑, 밤의 기억, 주고받은 숨,
아름다운 비늘……
죽기 전에 꼭 해 보고 싶은 일을 적어 놓은 수첩
버킷 리스트 만들기가 취미인 친구의 수첩

중세 시대에는 교수형을 집행하거나 자살할 때 양동이를
뒤집었대
올가미를 목에 두르고 올라설 곳이 필요하니까

돈은 때를 모르고 부족했다

심장의 알맞은 형태는 늘 고민이었고
빨간 선을 긋기엔 스케줄도 날씨도 연애도 연봉도
늘 살인적이었다, 다른 일도 마찬가지겠지만

그곳에서 보낸 엽서 잘 받았어
꼭 해야 하는 일들이 적힌 친구의 엽서
양동이에 차곡차곡 쌓아 놓은 것들
대신 빨간 선을 죽죽 그었다

양동이를 걷어찼다
축복과 저주가 바닥에 흘러넘쳤다
그곳엔 아무도 지나가지 않고

가족 일기

오빠가 집에 왔어요 눈을 감을 수는 있었으나 숨을 쉬지 않을 수는 없었습니다 방 안 가득 햇살이 쏟아져요 선생님 올해 첫 폭염 주의보입니다

상처를 두툼하게 꺼입고 땀을 뻘뻘 흘리며 왔어요 아무리 돌을 던져도 오빠는 안전했습니다 선생님 말씀을 떠올려요 아마 태어나기 전부터 맡았던 냄새, 저는 아무것도 보이지 않았습니다만

오래된 태양은 아직 씨 뿌리지 않은 땅의 흙을 *깨운다*
상처가 젖어듭니다 오빠의 숨에서 진한 냄새를 맡았어요 저 사람은 무엇인가를 보고 있나요

쓸어 낼수록 퍼지는 재, 그 질감을 제가 잘 알아요 오래된 태양은 땅의 영면을 방해하는 걸까요 눈은 감을 수 있었으나 숨을 쉬지 않을 수는 없었어요 그러면 오빠가 안심할까 봐 혹시나 눈이 마주치면 웃게 될까 봐

커튼을 열었습니다 숲의 냄새를 맡았어요 저 사람도 오빠

인지 궁금합니다 단단하고 탄력 있는 상처 때문에요 오빠
는 무엇을 보고 있었을까요

　재에서 맨몸으로 일어서는 오빠, 늘 그랬듯 성실하게 싸
웠어요 눈을 감았습니다 재로부터 저는 안전한가요

　선생님 늘 그랬듯

공유지

숲을 걸었다
어떤 잎은 시들었고, 어떤 나뭇가지는 건강하다

나는 그늘로 옮겨 가는 바람을 보고
너는 새 그림자를 본다
그것들은 숲을 일구거나 숲의 한 귀퉁이를 잘라 낸다

젖은 흙을 디디거나
마른 뿌리를 부러뜨리기도 했다
햇빛은 언제나 뒷목을 집어삼킬 듯 달려오지
무언가 타는 냄새가 나면 너의 귓불을 올려다보며 중얼
거렸고
귓불을 타고 넘는 건 유리창 깨지는 소리
그렇게 계속 숲에 가본 적 있다는 듯 걸었다

가끔 붙잡은 손으로 있으려 할 때면
검은 호수에 이르렀다

물안개 속에서 너의 귓불을 올려다보면 유리창이 덜컹

거렸고

　붙잡은 손은 뭉그러져 흔들흔들 바람을 탔지

　무언가의 먹이가 되거나 곰팡이로 자라거나

　아니면 검은 호수에 잠겨 뻐끔거리는 서로의 입 모양만
을 상상하거나

　그건 그것 나름대로 좋았겠지만

　그럴 때는 걷는 것을 멈췄다

　머리를 부여잡고 웅크려 앉아 잠시 쉬었다

　구멍 사이로 운동화 끈을 빼내며

　아이의 아이가 부르던 노래를 불렀다

　옷을 하나씩 벗으면

　더 이상 내 목소리가 들리지 않고

　네 목소리는 네가 듣는 게 아니야

　그렇게 다시 몸을 일으켜 네 옆을 걸었다

　숲을 걸었다

텐트 앞에서

　오늘은 공동묘지를 서성입니다 여기선 어떤 마음을 먹어야 하는지 알 수 없어요 대신 주머니에 있던 작은 돌을 올려 두었습니다 희고 붉은 꽃들 명복은 무엇일까 여전히 알 수 없는 일투성이지요

　더 이상 손에 쥘 것이 없어 눈을 마주쳐 봅니다 그래도 쥘 수 없는 위로들 우리는 들꽃과 밤 먼지를 꼭 쥐고 밖으로 나왔습니다 서로의 입에 반딧불과 새 하늘의 믿음 같은 것들을 넣어 줍니다 믿음은 아무리 씹어도 맛이 나지 않아요 하늘에선 검은 우박이 떨어지고 아아 또 어디선가

　희고 붉은 꽃이 피어날 거야
　빛을 반납하고 피어나는 것들이

　얼룩처럼 늘어진 철근, 친구의 얼굴을 점령한 검정, 나란히 앉아 내일을 그리워합니다 친구는 매일 밤 물었어요 오늘 어둡지 않았어? 어제를 밝힐 방법에 대해 골몰하고 있어 내일도 어제도 우리를 저 붉은 불꽃들로부터 해방시키지는 못할 텐데 나는 아무 대답도 하지 못하고 고개만 끄덕

끄덕했어요

　검은 우박이 쏟아집니다 번쩍하는 폭발음은 이제 익숙
한데 노래가 산산조각 나는 건 아직도 낯설어요 이렇게 친
구의 꿈이 날아와 옷자락을 적실 때는 도무지 두 손을 움
직일 수가 없지요 무너지는 햇빛 아래 작은 돌이 축축합니
다 눈물의 움직임이 끄덕끄덕해요 그제야 생각합니다 텐트
안에 두고 온 우리의 명복을
　명복은 무엇일까 여전히 알 수 없는 일투성이지요

새로 산 공책

한 번도 만난 적 없지만
사랑하는 사람이 그려진
공책을 샀다

한참을 쓰다듬었지
매끄러운 종이의 질감

손끝이 매끄러워지는 것 같아
이런 생각을 하다
꿈의 문을 열고 들어섰다

끝도 없이 늘어선 무덤 사이로
키 큰 풀을 눕히며 걸어온다
지난 계절
사랑했던 것들이

줄을 좀 섰으면 좋겠어
버릴 때는 줄을 세우지 않았지만
그래도 줄을 좀 서서 차근차근 오면 안 될까

눕지 않기 위해 안간힘을 썼다
우리는 서로 잘 알지 않느냐며
소리 지르거나 나지막이 속삭이거나 아무 말 없이 바라
만 보는
지난 계절 사랑했던

그런 건 나는 잘 모르겠고
이제 새로 산 공책에
사랑의 시작부터 쓸 작정이라고
소리 지르거나 나지막이 속삭이거나 아무 말 없이 바라
보았다
눕지 않기 위해 애쓰면서

지난 계절 사랑했던 것들은 저마다의 주머니에서
바지춤이나 발밑에서 바람에서 무언가 익어 가는 소리에서
공책을 꺼내 들어 지난한 시간을 펼쳐 보였다
그을리고 까지고 거칠거칠한 그런 이야기를

나는 거의 누운 상태로
동쪽 끝에서부터 불길이 서서히 다가오는 것을 감지했다
지난 계절 사랑했던 것들은 앞다투어 일그러지고
공책이 타오르는 것을 바라보며 고개를 끄덕이다
꿈의 문을 닫고 돌아섰다

동쪽 끝에서부터 침범해 오는 새로운 계절을 실감하며
새로 산 공책을 본다
진절머리가 난다
여전히 매끄러운 종이의 질감

쓴 적 없는 일기

예언자를 본 적 없지만
한눈에 알 수 있었다
저 사람은 예언자다

예언자임을 알면서도 아무 말 하지 않았다
더 착해지고 싶었기 때문에

귀가 종아리까지 내려온 그 예언자는
무엇이든 물어보라고
어떤 것이든 털어놓으라고
아무리 끔찍한 상상도 들을 수 있다고 재촉했지만
나는 입을 꾹 다문 채 고개를 저었다
더 착해지고 싶었기 때문에

자꾸 실수를 하지 않니?
예언자의 물음에 나는 마지못해
빈 열차에 빛이 쏟아질 때 얼마나 눈이 부신지에 대해
물고기가 페트병으로 변하는 순간의 고요함에 대해
수십 개의 굴뚝에서 연기가 일제히 뿜어져 나올 때

쏟아진 그림자가 잠기는 슬픔에 대해
길게 설명했다

예언자는 허벅지 근처의 귀에서 커다란 깃털 네 개를 꺼
내어
두 개로 내 눈을 가려 주고
두 개로 내 귀를 가려 주었다
너는 더 착해질 수 있을 거야

어떠한 말도 더 나누지 않고 집으로 돌아왔다
'오늘 나는 예언자를 만났고, 더 착해질 수 있을 거란 예
언을 들었다'라는
일기를 쓰고 자리에 누웠다
어둠 속에서는 하나의 생각에 골몰했다
닿지 못할 곳까지 멀어져 버린 착한 나에 대해
끝도 없이 중얼거렸다
나도 알아들을 수 없는 말들을

뜸하게, 오늘

꿈에서는 어제를 살고
깨어나서는 내일을 살았다

꿈에서 뭘 마음대로 할 수는 없었지만
뒤틀리고 터져도 살아 있었고

깨어나서는 답해야 했다
옳고 그름이 무엇인지 생각하지 않아도
괜찮았다

꿈에서는 땅을 치고 울기도 했다
멱살을 잡으며 서로를 어루만지기도 했다

깨어나서는
그저
깨어 있었고

가끔 꿈과 꿈이 아닌 순간을 구분할 수 없었다
그럴 때는 바닥에 엎드려서

눈을 감고 손가락으로
다만 꿈 같은 꿈을 꾸고 싶다
같은 말을 적었다

바닥에 적힌 말들이
아주 천천히 나를 향해 걸어왔다
선생님의 얼굴이었다가
순한 개의 눈동자였다가
산의 냄새가 쏟아졌다가
연둣빛으로 날 뒤덮기도 하면서
검은색에 가까운 푸른색의 소리 외에는
아무것도 듣지 못하면서

꿈과 꿈이 아닌 순간을 구분하지 못했다
더는 이렇게 살면 안 될 것 같아
중얼거리다가
밖으로 나갔다

3부
봄의 끝에서
펄럭이는

정말 먼 곳

멀다를 비싸다로 이해하곤 했다
우리의 능력이 허락하는 만큼 최대한
먼 곳으로 떠나기도 했지만
정말 먼 곳은 상상도 어려웠다

그 절벽은 매일 허물어지고 있어서
언제 사라질지 몰라 빨리 가 봐야 해

정말 먼 곳은 매일 허물어지고 있었다
돌이 떨어지고 흙이 바스러지고
뿌리는 튀어나오고 견디지 못한 풀들은
툭툭 바다로 떨어지고
매일 무언가 사라지는 소리는
파도에 파묻혀 들리지 않을 거야

정말 먼 곳을 상상하면 불안해졌다
우리가 상상을 잘하고 있는 건지 알 수가 없었다
아무리 노력해도 우리의 상상이
맞았는지 틀렸는지 알 수 없었고
거짓에 가까워지는 것만 같았다

정말 먼 곳을 상상하는 사이 정말 가까운 곳은
매일 넘어지고 있었다 정말 가까운 곳은
상상을 벗어났다 우리는
돌부리에 걸리고 흙을 잃었으며 뿌리를 의심했다
견디는 일은 떨어지는 일이었다
떨어지는 소리는 너무 작아 들리지 않았다

그래도 우리는 정말 먼 곳을 상상하며 정말 가까운 곳에
서 있었다
그래야 절벽에서 떨어지지 않을 수 있었다

언제나처럼 작고 텅 빈

잠을 덜 자려고 마음먹었을 때
나란히 놓인 물웅덩이들이 목젖을 내려놓을 때

시계추 같은 목소리를 떠올리면
틈에서 새어 나온 리듬으로
맥박이 둥둥 뛰었다

태양이 규칙적으로 외면하는 무릎
말 잘 듣는 눈을 마주하고
서로의 무릎을 매만진다
젖은 낙엽만 골라 디뎌도 넘어지지 않도록
적의를 감출 수 없고, 감추는 건
애초에 불가능한 일일지도 모르지만

틈날 때마다 안개를 연습하고
매일 튜닝을 해도
나무의 밤은 흔들리고

오늘은 리듬이 되어 본다
규칙적으로 사랑해 본다

검정 몰래

크고 둥근
봄의 끝에서 펄럭이는

마을 옆에는 또 다른 마을, 다른 마을로 건너갈 것처럼
달리던 우리는 급히 등을 돌리며 숨을 몰아쉬었습니다 흔
들리고 부딪히는 나뭇잎 사이로 긴 머리칼이 흩날립니다
서로의 손을 꽉 쥔 채 걷다 보면 그림자는 조금 길어져 있
고요 바스락거리는 여름 이불 아래 흩어지는 옅은 숨, 간지
러운 볼을 문지르며 그림자는 밤에 더 아름답다는 얘기를
주고받습니다 커다란 귀를 덮고 눈을 감아요 꿈이 뱉어 낸
하얀 조약돌이 툭 툭 베개 근처에 떨어지고, 우리가 모아
둔 숲의 소리가 블라인드 사이를 달려 나갑니다 서로의 머
리를 땋겠다고 약속한 아침이 오면 우리는 긴 머리카락을
바짝 자를 것입니다 트럭은 밤새도록 사람들을 쏟아 냈습
니다 우리가 떨어뜨린 속눈썹을 이불 아래 감추고 마을 밖
으로 달려 나갑니다 등을 돌린 채 숫자를 세는 사람들, 떨
어지는 숫자를 미처 피하지 못한 친구는 제 것의 하얀 조
약돌을 내게 주었습니다 나는 두고 온 발소리를 내내 떠올
립니다

누군가 내게 보고 자란 모양을 묻기에 하얀 조약돌을
꺼내 보였습니다
　이것은 꿈이 아닙니다

예고편

낮선 소리의 방문
누가 넘어진 걸까 하품인 걸까
준비 없이 맞이한 소리는 방을 떠나지 않았다

준비하던 것들이 준비 없이 사라졌다
낮선 소리는 방 안에 숨어 있다가
소나기처럼 나타나곤 했다
곰팡이가 핀 걸까 홍수일까
사라진 방을 바라보며 누군가 말했다
비명 같기도 했다

우리는 광야나 계시 같은 것을 떠올리며
둥그렇게 모여 앉았다
낮선 소리가 잠들면 방 안에 혁명이 찾아와
낮선 소리로부터 해방되기를 주문했다
낮선 소리를 따라 한 명씩 사라졌다 귀신처럼

남은 이들은 낮선 소리에
익숙해져 갔다

넘어져도 하품을 해도 깊은 잠에 들었다
방은 한 칸씩 늘어 가고
익숙한 비명이 지면을 장식했다
낯선 소리는 방 안에 숨어 준비된 누군가를 기다렸다

죽은 나무들

러시안룰렛이 얼마나 무서운 게임인지 아니?

잘 모르겠어요

총을 만져 본 적도, 총소리를 들어 본 적도 없거든요

아니 총 이야기가 아니야, 넌 이렇게 이해가 한 박자 늦다

러시안룰렛 말이야, 얼마나 끔찍한 게임인지 아니?

선생님은 꼭 러시안룰렛을 해 본 사람처럼 말했다

관자놀이에 총구를 겨눠 본 사람처럼 혹은 관자놀이로

총구를 느껴 본 사람처럼

죽은 나무가 산에서 발견됐다

침묵에 싸인 산, 한낮은 죽은 나무를 비켜 가고 또 한 번

죽은 나무가 산에서 발견됐다

방에서도 발견됐다

죽은 나무들은 함께 있기도 했는데 그 모습은 거대한,

하나의 죽은 나무처럼 보이기도 했다

불씨를 키워 산이며 마을이며 모두를 삼킬 만큼 거대한

연기는 곳곳에서 피어났다
또 다른 죽은 나무가 주차장에서 발견됐다
죽은 나무는 너무 흔했다

선생님은 러시안룰렛 게임에서 어떻게 살아남았나요
넌 이렇게 이해가 한 박자 늦다

선생님은 꼭 러시안룰렛을 하고 있는 사람처럼 말했다
관자놀이의 위치를 정확히 겨눌 줄 아는 사람처럼
죽은 나무의 눈을 들여다볼 수 있는 것처럼

축축하고 딱딱한

점, 선, 면

근사한 산책로를 걸었다
손잡고 천천히
이렇게 큰 아파트 단지는 어떻게 생기는 걸까?
말 잘 듣는 돌, 잘 잘린 돌, 순한 돌
우리는 돌 이름 맞추기 놀이를 하며 걸었다

자꾸 뒤를 돌아보았다
지붕이 낮은 우리 집 멀리서 보니 예쁜 것 같아
지붕이 보이지 않을 때까지
한눈에 알아볼 수 없을 때까지
우리는 손잡고 걸었다
지붕이 돌로 덮일 때까지

아파트 단지에 호수가 있대
아파트 단지가 그렇게 크단 말이야?
물잔디가 무성한, 가끔 물보라가 일어 햇빛을 부수는 호수
한참을 걸어도 호수는 나오지 않았다
햇빛이 부서져 눈에 쏟아졌다
우리 이제 지붕 낮은 집으로 돌아가자

맞잡은 손이 축축해질 만큼 걸어도 왔던 길을 찾지 못
했다

한눈에 들어오는 건 말 잘 듣는 돌, 순한 돌, 여기저기 잘
린 돌

점, 선, 면으로 이루어진 아파트 단지 안내도

아무리 들여다보아도 집으로 가는 길은 찾을 수 없고

발이 자꾸 젖어드는 것 같지 않아?

옆을 돌아보자 너의 얼굴엔 이끼가 가득했다

우리는 점점 딱딱해지는 손을 잡은 채

아파트 단지 안내도만 뚫어져라 쳐다보았다

누군가가 물수제비뜨는 소리를 들었다

우리 이름을 맞추는 소리를 들었다

쉬운 일

창밖을 내다보는 일은 쉬웠다 우두머리 없는 자전거 떼의 이동을 보기로 했다 자전거 보관소 뒤로 나뭇가지가 세차게 흔들렸다

소리를 듣는 일은 어려웠다
난 뭐든 어려워 이렇게
내뱉은 적이 있었다
바퀴가 늘어졌다 기울어지는 것과 늘어지는 것, 둘 중 어느 것을 선택해야 하는지 고민하는 것처럼 보였다 고개는 한쪽으로 기울어지고

나뭇잎 떼가 세차게 흔들렸다 팽팽한 목줄이 개를 끌고 간다 가방이 줄을 따라 걷는다 가방끈은 꼿꼿한 자세로 아이들의 어깨 위를 차지하고 있다

우두머리 없는 자전거 떼의 이동을 보려고 했다 내다보는 일은 쉬운 걸까 기울어지지도 못하고 늘어지지도 못한, 자전거가 밑줄을 그으며 지나갔다 밑줄 위로 소리 떼가 활주하고 저건 웃음일까 비명일까 내다보기만 해서는 도무지

분간할 수가 없었다 나뭇잎 떼가 한쪽으로 몰려갔다 고개
는 한쪽으로 기울어지고

　창밖을 내다보는 일은 쉬웠다
　바퀴의 등이 기울어진 고개를 넘어 어디론가 가려 했다
　방향을 결정하지 못한 그림자 위로 창밖이 덮쳤다
　어느 쪽으로 기울어지는지 누구도 알 수 없었다

서로를 볼 수 없는 곳에 앉아 같은 소리를 들었다

한겨울 산은 근사했어
가지고 간 물은 꽝꽝 얼어서 바위에 깨뜨려야 했지만

그러게 이렇게 추운 날 산에는 왜 가
준비도 없이

준비한다고 되는 일은 없잖아
사방이 온통 바위인데 그 위로 나뭇가지가 무성했어
나뭇가지에 작은 새들이 보였어 큰 새도 있었겠지만
까마귀 몇 마리가 나를 계속 따라왔어 땀이 그대로 얼
어 버렸지

등산객을 한 명도 못 봤어 말 한마디를 못 했어
입이 근질거리다가 꽝꽝 얼었지
눈이 모두 녹아서 발은 얼지 않았어
죽은 나뭇잎들이 따뜻해 보였어
산 아래가 궁금하지 않더라
산에서 내려오니 땀이 녹아서 꼭 비 맞은 것 같았어

안 추웠어?

아까는 안 추웠는데 지금은 춥다

왜 나 만나자마자 춥다 그래

너는 대답 없이 창밖만 바라보았다
난 널 기다리느라 발이 시리고 머리가 깨질 것 같은데
무어라 말하고 싶은데
창밖에는 비가 내리고 맞잡은 손에서는 땀이 났다
봄이 오려나 봐
중얼거리는 소리

비를 쏟아 낸 얼굴

계속된 마른장마
회의실 밖은 사이렌 소리가 여전하다

다시 태어나면 무엇으로 태어나야 합니까
아무도 죽지 않은 바위, 아무도 오르지 않은 크레인, 끝
내 출발하지 않는 열차, 아무도

어느 바위에서든 죽기 마련입니다 크레인에 오르지 않
는 것이 가능합니까, 출발하지 않는 열차는 열차라 할 수
없지요, 역사가 증명하지 않습니까

서로의 후생을 부정하는 일은 즐거웠다
내일 계속되겠습니다

문을 열어도 여전히 비는 내리지 않고
아직 살아 있는 사람들
비를 쏟아 낸 얼굴로 흩어진다

우산은 소품처럼 가방에 누워 있고

오늘 할 일을 모두 끝마쳤는데
창밖에 비는 내리지 않는다

습기가 점령한 회의실에서
책상과 의자가 서로를 응시하고 있다
빈틈으로 스며드는 습기를 견디고 있다

거울을 보니 검은 개가

터널로 진입했다
창밖이 밝다

승객들이 눈을 감고 있는지 뜨고 있는지
겨우 알아챌 수 있을 만큼의 밝기
고속버스에 설치된 텔레비전 화면과 창밖의 밝기는 거
의 비슷하다
흐릿한 얼굴들이 일제히 한곳을 향하고 있다

산불이 정지했다
산은 검고 불길은 붉다
산등성이에 가까울수록 선명한 불길
솟아오르는 검고 하얀 연기
산의 중심부에는 한 톨의 산소도 남아 있지 않을 것이다
눈을 감고 고개를 흔든다
매캐하고도 구수한 냄새가 난다
붉게 그을린 얼굴들

불타는 산에서

노루가 뛰고 새 떼들이 연기를 피해 날아갈 것이다
한 톨의 산소가 남아 있다면 폭풍처럼 불길이 세질 것이다

승용차는 고속버스를 추월한다
윤곽만이 떠돌 뿐

터널을 빠져나오자
흐릿한 얼굴들이 일제히 한곳을 향하고 있다
산불은 어딘가로 미끄러지고
누군가가 누군가의 뺨을 때리고 있다
어떤 것도 정지하지 않았다
하얀 볼에 손의 윤곽이 뚜렷하다 붉다

어두운 창밖
승객들의 머리는 다시 검은빛을 띠고 있다
산불이다
산등성이에 가까울수록 밝게 빛나는 불길

선명한 기준

저는 다 좋아요 다 잘 먹어요 다 맘에 들어요
흐린 기준을 가지면 쉽게 미소 지을 수 있다
나의 좋음이 누군가의 순위를 바꾼다고 생각하면 눈앞
이 흐려졌다

모두를 데리고 가장 좋아하는 숲에 갔었다
멋지다 근사해 좋아 보여
나뭇가지를 부러뜨리다 작은 다툼이 일어났다
빛 아래 얼굴이 선명하게 일그러졌다
여긴 너무 밝구나
모든 것이 진흙이 되던 순간

품위 있고 그럴듯한 기준을 만드는 방식
당신은 어떤 것이 가장 좋아요?

전 그런 질문이 가장 싫은데요
가장 좋은 것을 결정하는 일을 가장 싫어해요
가장 싫은 것을 말할 수 있어 다행이다
모두를 좋아하지만 가장 싫어하는 사람은 단 한 사람

선명한 증오

순위와 무관한 것이 좋다
선택에 영향을 미치지 않는 것이 좋다
겨울이 가면 봄이 오고, 봄이 가면 여름이 오는 그런 것들
가장 싫어하는 사람을 땅에 묻으면
그 위로 자라나는 꽃, 내가 좋아하는 꽃
한 송이 한 송이 꺾으며
선명한 기준을 만든다

계약직

마운트 프로스펙트에는 잘 도착하셨나요
미시간 호수를 유영하는 뒷모습 잘 보았습니다
여전히 곱슬곱슬하고 건강한 머리칼
이따금 낯선 과거가 부풀어 오를 때면
막 업무를 시작한 선생님을 떠올립니다
살얼음 맺힌 머리칼을요

우리는 매일 점심을 함께 먹고
뒤바뀌는 배경을 함께 걸었지요
호기롭게 후식에 열중하기도 하고요
2인용 차량에 셋이 올라타 깔깔대는 게 좋았어요
아무도 울지 않았지만 몸은 잠기고
셋이서 함께하는 몸부림은 수중발레 같기도 했어요
즐거웠지요 파티션 너머로 서로의 배경이 되며

계약은 약을 삼키게 했지만
병환에 대해 아무도 묻지 않는 게 좋았어요
아침엔 살고 저녁엔 사라지는 일에 대해
아무것도 묻지 않는 게 약이었어요

선생님 마운트 프로스펙트는 어떤가요
그곳에는 선생님을 붙잡는 것들이 있나요

제 약이 떨어져 갑니다
그래도 우리 가끔 동료였지요?
야유회 가는 길에 보았던 안개
눈을 떠도 감아도 하얗던 그 길
그 길에서 함께 찍은 사진을 아무리 들여다봐도
누가 누구인지 아니 누가 있긴 있는 건지
아무리 들여다봐도 알 수가 없어요
그곳에선 길 너머를 볼 수 있나요
서로에게 별명을 주렁주렁 걸어 주며
웃음소리를 선물하던 그런 시간이 그곳에도 있나요
선생님, 그러니까 선생님

녹음의 기원

그토록 많은 꽃이 졌던 거야 그늘도 그토록 진 거야 그
래서 우리도 눈을 감았잖아 검고 서늘하다 폭설로 기차가
운행을 멈추자 눈이 강처럼 흘러내린다고 속삭였다 강물의
냄새가 나는 것 같기도 했다 강가에 사는 것은 매일 폭설
을 보는 기분일까 발밑이 젖어드는 것 같기도 했다

그러니까 그렇게도 많은 꽃잎이 떨어지는데 공기가 꽃잎
으로 가득했는데 꽃잎을 잡지 못했다는 거지 손가락과 손
가락 사이는 너무 멀고 우리의 손은 지나치게 작잖아 그래
서 사랑이 이루어지지 않았던 걸까 그렇게 중얼거리며 손
을 잡았다 맞잡은 두 손은 맞잡아도 작다 낯설고 따뜻하다

꽃잎으로는 왜 멈추지 않을까 기차든 구름이든 꿈이든
뭐 그런 것들 말이야 꽃잎은 손가락 사이로 강으로 우리
맞댄 손 위로 베개로 떨어져 꿈으로 찾아왔다 둥그런 색의
꽃잎은 축축한 색으로 변해 갔다 늘 두통에 시달렸다 강
가의 모래 냄새가 난다고 말했던 것 같다 뒤엉킨 손가락을
꽉 움켜쥐면 조금 안심이 되기도 했다

( )에게

그러니까 약간 죽은 체하고 있으면
괜찮아
숨 쉴 구멍이 생기고
월급도 나오고

조금 죽은 체하고 있어야 하지만
걸어갈 곳이 있고
가끔 둥글게 모여 밥을 먹고

얼음이 녹아 투명해진 아메리카노, 반만 올린 블라인드,
몇 알 남지 않은 비타민, 먼지와 먼지, 먼지와 먼지, 먼지……
사실들

그러나
살아 있어

우리는 죽지 않았으니까
천국이나 지옥을 말할 수 있잖아

나 조금 길게 말해도 될까
늘 필요한 말만 해야 해서
지칠 때도 있었어

그러니까
퇴근 시간인데 창밖이 너무 밝은 거야

꽃이 지고 자라난 연둣빛
그 너머로 눈 내리고
초록빛 발자국을 몰래 찍어 내며
언덕을 넘어가는 거지

무릎까지 쌓인 눈
포옥― 하고 내려앉는 눈 위를 뒹굴어 보자
손에 감각이 사라질 때까지

툭 건드리면
찌르르한 그때

건물의 그림자를 건너
녹음이 우거진 호수에
뛰어들자

*

너도 알잖아
겹쳐진 나뭇잎 사이로 빛이 쏟아지면 가만히 있는데도 그
림자는 춤을 추고 빛이 수면 위로 자리를 옮길 때 눈 감아
도 눈부셔서 그림자처럼 춤을 추다 수면 아래 몸을 맡길 때
그 느낌

나야 생존 수영밖에 할 줄 모르지만
얼굴만 내놓고 목부터 물속에 잠겨
가라앉지 않으려고 팔을 휘저을 때
그 기쁨

*

뚝뚝 물을 떨어뜨리며 호수 밖으로 걸어 나오면
우리가 좋아하는 훠궈가
끓고 있고

버섯이며 청경채며 지난날 목적 없이 취해 걸었던 길이
며 나름대로 세워 봤던 목표며 날카롭게 깎인 연필, 보내
지 못했던 울음, 목까지 차오른 쓰라림…… 그런 것들을 냄
비 안에
빠뜨렸다가
꺼내 먹으며

막 맛있다고 말하고 싶은데
아무리 소리를 내도
서로의 목소리를 들을 수 없고
그저 눈빛으로만
이해하려 애쓰다가

하얀 접시에 나온
자두를 한입 베어 물고는

"아 행복하다"
가만히 흩어지는 목소리

*

그러면 꼭
그 소리를 들은 사람이 다가와
돌 위의 먼지를 닦아야 한다고 말하지
어둠이 올 때까지

우리는 또 열심히

먼지를 쓸고 닦고 모으고, 닦고 모으고

먼지로 샤워하고
머리부터 발끝까지

먼지를 쓸고 닦고 모으고, 다시 또, 쓸고 닦고 모으고,
닦고 모으고, 먼지와 먼지, 먼지, 먼지……

뺨이며 눈썹이며 겨드랑이며 발등이며 먼지를 잔뜩 묻
히고

*

지쳐 쓰러져야만
찾아오는 어둠

먼지는 빛을 내고, 마치 별처럼 윤슬처럼

우리는 깊이 잠들어
우리의 가장 빛나는 순간을 볼 수 없는데

그곳에서도 꿈을 꿀까
천국의 꿈일까, 지옥의 꿈일까
아무것도 아닐까

나는 어쩐지 죽음 이후가 궁금해져서

죽는 것도 괜찮다고 생각했다

그러고 몇 마디 더 주고받다가

*

잘 살자고
손을 꼭 잡고
그래도 잘 살아야 한다고
어깨에 쌓인 먼지를 털어 주며
조금 더
걸었고

잠의 방향

아파트 외벽을 따라 자란 나무는
한쪽으로 가지가 자랐다
풍성한 쪽으로 새는 집을 지었다
나는 새집에 사는 새를 본 적이 없다
그곳은 너무 높이 있고 둥지가 깊은 탓이다
새도 우리 집을 본 적이 없다
새는 외벽을 보거나 풍성한 나뭇가지에 앉았다
적어도 내가 보기엔 그랬다
왼쪽 입술을 좀 더 올려 웃고 왼쪽 팔자주름이 더 깊은
우리는 한쪽으로 누워 잤다
등을 바라보며 자는 일은 좋았다
등에서 흘러나온 고단함이 모두를 잠으로 이끌었고
잠은 벽을 따라 자라났다
꿈의 한가운데에서 서로의 얼굴을 보는 일이 좋았다
마주보고 웃으면 서로의 입술이 반대로 올라갔다
활짝 웃는 것 같았다
꿈은 늘 풍성했지만
우는지 웃는지 알 수 없는 새소리에 눈을 뜨면
우리는 벽 끝에 서 있었다

등을 바라보며 떨어지지 않기 위해 서 있었다

벽에는 나뭇가지 그림자가 풍성했다

우리의 그림자는 외벽을 보거나 풍성한 나뭇가지에 앉
아 있었다

적어도 새가 보기엔 그랬다

가족 일기 프리퀄

하얀 실이 중요해 이를 뽑는 방법은 오빠에게 배웠다 문고리와 이를 단단히 묶을 수 있는 하얀 실 문을 재빠르게 여는 것도 중요하고 그런데 무엇보다 중요한 건 이가 흔들려야 한다는 거야

이가 조금만 흔들려도 실을 꺼냈다
내 이가 모두 사라지고 나면 무엇을 묶을까

우리는 책상 위에 이불을 덮어 만든 작은 집을 좋아했고 그곳에 오래 머물렀다 두 손을 들고 항복해야 끝나는 전쟁놀이를 좋아했다 두 손을 높이 들수록 오빠가 환히 웃었다 이를 드러내고 뛰며 흔들리는 오빠 꼭 춤추는 것처럼

지붕은 너무 높았고

곧 회색 줄기가 솟아오를 거야 뿌리는 흙을 단단히 묶을 거고 회색 줄기에서 돌이 피어나 멋진 바위로 변신할 거야 흔들리지 않는
나는 속으로 이의 후생을 부정했지만

종일 지붕이 흔들렸다 우리는 이불로 만든 문을 꼭 닫고 소리를 들었다 오빠는 내 입을 열고 이를 하나하나 흔들어 보았다 괜찮아 흔들리는 이가 없다 흙에 묻고 온 이를 생각하자 그 바위에 틈을 내고 놀이를 계속하는 거야

오빠 우리 꼭 춤추는 것 같지 나는 이가 뽑힌 자리를 혀로 매만지며 지붕을 뚫고 솟아오르는 바위를 떠올렸다

기념 촬영

빈집이 골목을 메웠어요
화분을 온전히 차지한 흙, 화분을 벗어난 이름 모를 풀
들은 여기를 여기라 불러요
유리창엔 유리가 없고 집엔 사람이 없는 여기

맨발로 걸을래요 물구나무를 설래요
몇 벌의 옷가지가 남아 있는 방에선 물이 되고, 하얀 벽지
앞에선 개가 되고, 흐린 거울 앞에서는 사진을 찍을래요

어둠이 골목을 밀고 들어오면
여기를 지나는 사람들은
노래를 부르거나 낮고 낡은 담장에 기대어 눈을 감거나
하여간 그런 것들을 지불해야 합니다
우리는 그것들로 집을 장식하고요

긴 트럭은 노래를 부를 수도 손을 맞잡을 수도 없죠
긴 트럭이 할 일은 여기를 실어 나르는 일
여기는 단지로 바뀔 겁니다
화분도, 담장도, 개도 단지로 바뀌어

화분이라고, 담장이라고, 개라고 부를 수 없지요
골목은 이름 모를 것들이 되어 여기저기로 흩어집니다
그제야 비로소 여기가 완성된다는 듯
어둠은 여기를 빽빽하게 메우고

빈

부러진 나뭇가지가 웃습니다
그 모습을 흉내 내 봅니다
발등 위로 기어오르는 벌레

벌레의 표정을 확인할 수 없어요
나는 어떤 표정을 지어야 할까
어떤 표정을 지어도 마음이 불편했습니다
땀이 맺히고요

그러고 있노라면
빈칸을 가득 담은 편지가 도착하고
당신이 지운 단어를 더듬더듬 읽어 내려갑니다
빈칸에 비친 당신의 얼굴을 마주 보기도 하고요

무엇도 흉내 낼 필요가 없어요
내가 해야 할 일은 답장을 쓰는 일이 아닙니다
내가 해야 할 일은 부러진 나뭇가지를 모으는 일이지요

지워진 단어를 가져온다 생각하면 마음이 편해집니다

당신이 지운 단어가 나를 지워 내지요
지워진 나에겐 빈칸이 소중하고요

빈칸은 겹겹이 쌓여도 빈칸
빈칸이 무거워져요
부자가 되는 기분입니다
나는 빈칸을 먹여 살릴 수 있습니다

나뭇가지를 부러뜨리고 넓어진 밤의 허공
늘어선 빈칸에 벌레들이 기어 들어갑니다
답장을 기다립니다

이별 일기

나는 담벼락을 따라 걷고 싶고
너는 왼손을 잡고 싶다고 했다
어디를 봐야 하는지 묻지 않았지만

담벼락 아래 토마토를 키웠어
꿈에서 깨면 토마토를 보러 달려갔지
매일 반복되는 일들

왼손끼리 붙잡고 악수를 하거나
춤을 출 수도 있다
너머에서 들리는 웃음소리
비명 같기도 하고 아니면 장마가 시작되는

토마토가 다 익으면 무엇을 해 먹을까?
다 익을 거라는 생각을 못 했어
규칙적으로 식사를 했지만

꿈에선 돌을 던지거나 기도하는 사람이 많았다
나는 두 손만 바라보는 사람

네가 준 잎사귀 수북이 쌓여
내내 그것들을 걷어 내는 꿈

어디로 갔을까 나의 초록 토마토는
담벼락 아래 잎사귀만 흩날리고
꿈에서 깨면 달렸다
두 손이 얼어붙을 때까지

보리 감자 토마토

숲을 헤매다 요괴를 만났지 나는 집으로 가는 길을 찾고 있었고 요괴는 서쪽으로 자라는 나무를 따라가라고 일러 주었네 그러나 도착한 곳은 요괴의 집. 숲의 가장자리에 있는 그 집은 아름다워 나는 그곳이 마음에 들었다 전생에 댄서였다는 요괴는 환영의 춤을 추었네 작은 새의 날갯짓 같기도 하고 삽질 같기도 한 춤. 나는 손과 발을 깨끗이 씻고 요괴가 끓여 준 수프를 먹었다 그러곤 요괴에게 이름을 물었지 우리는 해가 뜰 때 일어나 밭을 일구었고, 해가 지면 집으로 돌아와 꿈으로 엮은 노래를 불렀네 꿈과 꿈이 맞닿은 곳에선 꽃씨가 하나둘 떨어지고 매일매일 이어지는 노래 매일매일 자라는 꽃들 보리와 감자, 토마토와 바람, 주머니와 눈송이 우리가 또 무엇을 키웠더라 그의 눈동자에 끝없이 펼쳐진 꽃밭을 걷다 단잠에 빠질 때도 있었다 나는 그을리고 살이 올랐으며 늘 깨끗했네 그러나 영원은 신의 영역이었으므로 당신의 예상대로 사람의 무리가 찾아왔다 요괴를 마녀라 부르며 밭을 파헤치고 묻어 둔 심장을 가져갔네 그들은 영영 행복했으리라 석양은 함정같이 아름답다 바람에 흩날리는 나뭇잎처럼 사라진 요괴. 우리가 함께 석양을 본 적 있었나 모든 것이 망가졌다고 생각했지만 망가

진 것은 아무것도 없었네 가까이서 말고 멀리서 볼걸 석양
은 너무 멀고 요괴가 실은 신이라는 나의 거짓말에 아무도
속지 않았지 그들이 반드시 지옥에 떨어지길

  그날부터 신을 믿었다

  다시 숲을 헤매네

  손과 발이 더러워진 채로

못다 한 말

설원을 달렸다
숨이 몸보다 커질 때까지

숨만 쉬어도 지구 반대편 사람을 만날 수 있어
그렇게 말하는 너를 보는 게 좋았다

여기 너무 아름답다
우리 꼭 다시 오자

겨울 별자리가 가고 여름 별자리가 올 때까지
녹지 않는 것이 있었다

꿈과 돌의 시

김보경(문학평론가)

낭떠러지의 꿈

박은지의 시집에는 기묘한 이미지들이 산재해 있다. 이 기묘함의 원천을 말하기 위해서라면 이 시집에 등장하는 요괴들에 대해, 현실이라는 둑을 태연하게 무너뜨리고 범람하는 꿈에 대해, 그러한 꿈의 논리가 물질화된 이미지로서의 물에 대해 말하고 싶어진다.

가령 시집을 여는 두 편의 시 「내가 꾸고 싶었던 꿈」, 「횡단 열차」를 읽어 보자. 「내가 꾸고 싶었던 꿈」에서 화자는 "갓 쏟아진 물"에 숨어 들어가 잠에 듦으로써 꿈으로 진입한다. 이어지는 연의 "빛을 가르는 건 나무뿐인 곳에서 머리카락은 금방 자라고/ 너의 빗질을 따라 꿈이 흘렀다"

는 구절에 나타나듯 꿈의 공간은 흐르는 물과 연쇄되고 출렁이는 머릿결의 이미지로 형상화된다. 그러나 곧 시의 마지막 연에서 "숨어 들어갈 물이 없어"졌다며 꿈을 꾸지 못하는 반전된 시적 상황이 제시된다. 이러한 현실의 공간에는 꿈속에 등장했던 "친구였던 사람들의 목소리가 창문을 두드"리고, "걷잡을 수 없이 쏟아지는 나뭇잎이 밤을 불러오"는 소리가 침입한다. 이 나뭇잎 쏟아지는 소리는 마치 꿈의 물기를 간직한 듯한 파도 소리처럼도 들린다. 이처럼 현실과 꿈 사이의 경계는 아슬아슬하다.

「횡단 열차」에서도 마찬가지로 현실과 환상이 중첩된 이미지를 찾아볼 수 있다. 횡단 열차라는 공간 안에서 화자와 '너'는 "요괴와 요정 중 누가 더 현실적인지 우기"는 대화를 나눈다. 비현실적인 존재들의 현실성을 따져 보는 이 아이러니한 대화에 몰입하다 보면 어느새 요괴는 현실화되어 나타나기에 이른다. "나무를 자세히 봐 봐 요괴의 발자국이 보여"라는 말에 화자는 창 바깥의 나무와 나무 사이를 보게 되고, 요괴가 사람도 해친다는 말에 자신이 잘못한 일들이 뒤따라와 빈자리에 앉는 것같이 느낀다. 이 때문에 시의 마지막에 등장하는 "터널로 들어서자 양쪽 창문을 가득 채우는 얼굴들"의 이미지는 열차 내부에 앉은 사람들의 얼굴이 비친 것인 동시에 열차 바깥의 요괴들의 얼굴이 나타난 것으로도 보인다. 이러한 미묘한 중첩은 박은지의 시가 꿈의 한가운데에서보다는 꿈을 꾸고 깨어난

후 꿈의 잔상이 아직 희미하게 남아 있는 동안에 쓰이는
것 같은 느낌을 주는 이유이기도 하다.

창밖엔 꽃눈
내다보지 않아도
왼쪽엔 단풍, 오른쪽은 앙상한 가지
그 아래 젖어드는 낙엽, 그 옆으론 바람꽃
더 멀리는 초록이 무성한
한 그루의 나무라고 하기에는 너무 거대한 나무

—「몽타주」 부분

이 시에서 "거대한 나무"가 현실의 나무를 가리키지 않
는 것은 분명하다. 이 나무의 거대함은 이 나무가 꽃눈과
단풍, 앙상한 가지, 낙엽, 바람꽃, 무성한 초록을 동시에 가
지고 있다는 데서 비롯한다. "모든 계절을 살아 내는 거대
한 나무"에는 각 계절별로 달라지는 나무의 특징이 몽타주
처럼 조각조각 중첩되어 있다. 이 중첩을 가능케 하는 시
적 논리가 있다면 무엇일까. 거대한 나무 외에 이 시에 등
장하는 또 다른 주요한 시적 대상인 "오리 배"에 대한 서
술에서 그 실마리를 얻을 수 있겠다. 이 오리 배는 "일정한
방향으로 밀려나는 물결"에 따라 "어디로 가야하는지 알
수 없었지만/ 갈 수 없는 곳과 돌아갈 곳은 명확해서" "땀
을 흘리며 페달을 밟는" "우리"의 노력 덕분에 "오래도록 강

위에 머물"러 있는 것으로 서술된다. 이 오리 배가 거대한 나무와 유사하게 인식되는 것은 "모든 계절을 한 번에 살아"낸다는 특징, 즉 밀려오는 시간의 물결에 저항하며 한 자리에 있는 오리 배처럼 "한 계절에 마음이 묶"여 "모든 계절이 뒤섞여 들어오"는 것을 경험한다는 점 때문이다.

이 유사성으로 인해 거대한 나무의 몽타주적인 이미지가 다름 아닌 시간의 몽타주였음이 드러난다. 이 시에서 일정한 방향으로 밀려나지 않기 위한 페달질은 현존하는 것들을 과거라는 심연으로 밀어 넣는 크로노스적 시간에 밀려나지 않기 위한 몸부림으로 읽힌다. 이 몸부림은 "냇물에 발을 담그고 오래도록 거대한 나무를 바라보"는 "우리"의 시선과도 겹쳐지며, 거대한 나무의 몽타주에 함축된 시간성을 암시한다. 이러한 시선이 한 그루 평범한 나무에서 그 내력을 보게 만들고, 모든 계절을 살아 내는 거대한 나무라는 이미지를 만들어 낸 것이다. 요컨대 현재와 과거, 현행적인 것과 잠재적인 것, 현실과 환상을 겹쳐 보는 시선이야말로 박은지의 시에 나타나는 기묘한 이미지들의 원천이라 할 수 있다.

그런데 이러한 시선에 냇물에 발을 담그는 행위와 오리 배가 강 위에 머무를 수 있도록 땀을 흘릴 정도의 노력이 동반된다는 점에 주의를 기울여 보자. 박은지의 시에서 이러한 행위는 이중적인 기능을 하는 듯 보인다. 왜냐하면 이 행위는 환상을 매개하는 계기가 되면서도 동시에 그 환상이 현실로부터 지나치게 비약하거나 초월하지 않도록 붙들어 주고 있기 때문이다. 가령 「몽타주」에서의 거대한 나무는 한 그루의 나무 이상의 존재이지만 거대한 나무도 "예전엔 평범한 나무"였다는 사실이 망각되지 않는다. 또한 몸에 달라붙어 끈적일 만큼 "날 붙잡는 것들"에 대한 애착(「옥탑에게」)의 표현은 자신이 붙박여 있는 공간에 대한 박은지의 시 특유의 감수성을 보여 준다. 이를 분명하게 발화하고 있는 시를 꼽으라면 「정말 먼 곳」을 꼽을 수 있겠다. 이 시에서 화자는 "정말 먼 곳"을 상상하는 일이 깊어질수록 이 상상이 맞는지 틀리는지 알 수 없고 "거짓에 가까워지는 것만 같"다고 느낀다. 그렇기에 "정말 먼 곳을 상상하는 사이 정말 가까운 곳은/ 매일 넘어지고 있었다 정말 가까운 곳은/ 상상을 벗어났다"는 자각이 이루어지고 이 자각은 "정말 먼 곳을 상상하며 정말 가까운 곳에 서 있"겠다는 태도로 이어진다. 이처럼 화자가 발 디딘 땅인 "정말 가까운 곳"에 대한 위치 감각은 먼 곳을 상상하면서도 "절벽에서 떨어지지 않을 수" 있도록 만든다.

박은지의 시에서 나타나는 몽상이 현실과 불연속적인 세계 혹은 현실로부터의 도피처로 향하게 하는 종류의 몽상이 아니라는 점은 이러한 위치 감각과 연관되어 있다. 우선 '짝꿍' 연작 중 한 편인 「짝꿍의 자랑」을 읽는다. 이 시에서 화자가 있는 학교는 국경 근처에 위치해 있다거나 1년 중 9개월은 너무 춥다는 서술에서 알 수 있듯 지리적으로 경계면에 있다는 사실이 강조되고, "반 친구들이 속수무책으로 꿈을 꾸었다"는 서술에서 이 경계가 현실과 꿈 사이의 경계일 수도 있다는 점이 암시된다. 학교의 눈 덮인 고요한 교실에는 "선생님인 척하는 악마"가 있고, 짝꿍은 "눈 뜨고 잠들 수 있다는 것"을 자랑으로 삼는다. 눈을 뜨고 자는 잠, 이 몽상의 능력은 선생님에게는 짝꿍을 혼낼 이유에 불과하지만 짝꿍에게는 눈을 감고도 노래를 부를 수 있는 이유, 화자에게는 짝꿍의 손을 잡고 꿈속에서 함께 달아나거나 짝꿍에게 사랑에 빠지는 이유가 된다. 그런데 이 교실이라는 공간이 마치 꿈과 같은 공간으로 그려지고 있다는 점에서 짝꿍과 화자가 빠져드는 몽상은 어쩌면 "꿈 밖으로 달아"나는 것일 수 있다. 이 이중의 꿈속에서 무엇이 진짜 꿈일까. 바꿔 말해 보면 이 시는 "짝꿍이 현실인지 악마가 현실인지/ 분간하기 어려"운 시적 공간을 형상화하고 있다. 그렇다면 "눈을 뜨고 감는 게 가능한 일인지" 묻는 것은 이 시에 대한 질문으로 적절하지 않다. 이 짝꿍이 "얼마나 비현실적인지 자랑하느라/ 땀이" 나서, "속수무책으로 땀을 닦느라" 무엇이 현실인지 분간하는 게 전혀 중요한 일이 못 된다는 것. 짝꿍에 대한 사랑으로 몸에 땀이 날 만큼 덥혀진다는 것. 적어도 이 일만큼은 분명한 현실이라는 점이 중요하다.

　이어 「짝꿍의 이름」에서 화자는 수업 시간 내내 잠만 자던 짝꿍의 꿈 이야기를 들으며 집으로 돌아가고 있다. 짝꿍의 꿈 이야기는 "낭떠러지의 꿈", 즉 종일 낭떠러지 아래서 이름을 줍는 꿈 이야기로, 짝꿍은 "봄꽃을 닮은 이름, 달리기를 좋아하는 이름, 잘 웃는 이름"과 같이 "주워도 주워도 주워지지 않는 이름을 붙들고 엉엉 울었다"고 말한다. 짝꿍의 꿈을 같이 꿀 수 없기에 화자는 그 꿈에 들어가 주워지지 않는 이름을 같이 부르고 싶다고 소망한다. 그런데 이 시에서 짝꿍의 꿈은 현실과 괴리되어 있지 않다. 그 꿈속 낭떠러지는 화자와 짝꿍이 걸어가는 바로 그 마을의 낭떠러지와 겹치기 때문이다. 그렇기에 짝꿍의 꿈에 들어가 낭떠러지 아래서 이름을 줍고 싶다던 화자의 소망은 짝꿍과 함께 마을 곳곳의 낭떠러지를 찾아 조심스럽게 걸어 다니면서 "책가방 가득 돌을 채워 마을 사람들의 집 앞에 쌓아두"는 행위로 현실화되기도 한다. 짝꿍이 꿈속에서 줍지 못한 이름들은 현실의 낭떠러지에서는 돌이라는 물체로 물질화되어 나타난다. 이들은 "줍지 못한 이름이 없을 때까지/봄꽃은 봄꽃처럼 피어나고, 달리기는 달리기로 살아 있고, 웃음이 잘 지닐 때까지" "낭떠러지를 지고 살기로" 한다. 이들은 "이름을 주워 국경 너머로 달아나"기보다는 낭떠러지를 찾아 돌을 주우러 다니기를 택하며, 지금 있는 곳에서 먼 곳을 꿈꾼다.

꿈이 뱉어 낸 돌

이름을 줍는다는 것은 무엇을 뜻할까. 「짝꿍의 이름」에서 봄꽃과 달리기와 웃음에 이름을 지어 주는 일과 돌을 줍는 일이 유비 관계에 놓여 있는 것은 이러한 돌들의 개별성을 알아보는 일이 이름을 짓는 일과 유사한 성격을 띠고 있기 때문일 것이다. 누구의 시선도 끌지 못하고 서로 구별되지 않은 채 이리저리 치이고 굴러다니는 돌들. 그럼에도 제각기 다른 모양과 색과 크기를 지닌 돌들. 이러한 돌처럼 이름 붙여지지 않은 것들에 온당한 이름을 찾아 불러 주는 일은 사실 시적 언어의 오랜 꿈이기도 하다. 그렇기에 「짝꿍의 이름」에서 화자와 짝꿍이 돌을 주우러 다니는 일은 "줍지 못한 이름이 없을 때까지" 봄꽃은 봄꽃에 어울리는 이름을, 달리기는 달리기에 어울리는 이름을, 웃음은 웃음에 어울리는 이름을 가질 수 있을 때까지 계속된다.

그렇게 하면 너의 이름이 지워지는 것입니까

창밖은 푸르고, 우리는 매일 모여 너의 이름을 지운다. 지우기 위해 태어난 사람들처럼.

(……)

창밖은 푸르고, 사람들은 파도를 구경했다. 파도에 밀려온 털 뭉치나 나무 조각, 농약병 등을 주웠다. 머리가 반쯤 없는 인형의 모란 무늬 셔츠가 가위에 잘려 나갔고, 찌그러진 탁구공과 낙석 주의 표지판 같은 것들이 한데 모였다. 누군가는 손전등을 들고 여기저기 무언가를 찾고 있었다.

—「창밖이 푸른 곳」부분

이 시는 바로 그러한 돌의 이름을 부르는 일의 의미에 대해 더 곱씹어 보도록 만든다. 「창밖이 푸른 곳」에서 이름은 불리기보다 지워지기 위한 운명에 처해 있다. 먼저 화자는 "오늘 너의 이름은 눈으로 하자."며 '너'라고 불리는 대상에게 "눈"이라는 이름을 붙인다. 이 이름이 눈처럼 녹아 흘러내리자 화자는 이 "흘러내리는 이름을 물감 삼아 그림"을 그린다. "꼭꼭 뭉쳐도 그럴듯하"던 모양에 붙여졌을 '눈'이라는 이름이 지워진다. 또한 "한데 모아 작은 웅덩이를 만"든 날에 "오늘 너의 이름은 비."라 이름 붙여진다. 이 웅덩이에서 풀과 이끼가 자람에 따라 "이름은 금세 초록색으로 변"한다. "너의 이름은 창밖에 흐르는 구름처럼 녹아서 우리의 물장구 사이로 말라 버릴" 것이고 그렇게 이름은 또다시 지워질 것이다.

이 지워짐은 명명(命名)이 아무리 존재자의 개별성과 고유성을 포착하는 일을 한다하더라도, 존재의 본래적인 속성이 끊임없이 변화하고 유동하는 것인 이상 언제나 그 포

착은 미끄러질 수밖에 없다는 운명을 가리킨다. 그런데 이
운명을 받아들이는 화자의 태도는 비관도 체념도 아니다.
「짝꿍의 이름」에서 아무리 주워도 주워지지 않을 이름을
줍듯, 「창밖이 푸른 곳」에서도 이름은 지워질 것임에도 또
다시 불린다. 파도에 밀려온 털 뭉치, 나무 조각, 농약병 등
을 줍듯 누군가는 가위에 잘린 모란 무늬 셔츠, 찌그러진
탁구공, 낙석 주의 표지판 등이 한데 어지럽게 모인 곳에서
무언가를 찾는다. 밀려나거나 조각나거나 일그러진 것들과
그것에 어울리는 이름들을 찾아 나선다.

근사한 산책로를 걸었다
손잡고 천천히
이렇게 큰 아파트 단지는 어떻게 생기는 걸까?
말 잘 듣는 돌, 잘 잘린 돌, 순한 돌
우리는 돌 이름 맞추기 놀이를 하며 걸었다

(……)

우리 이제 지붕 낮은 집으로 돌아가자
맞잡은 손이 축축해질 만큼 걸어도 왔던 길을 찾지 못했다
한눈에 들어오는 건 말 잘 듣는 돌, 순한 돌, 여기저기 잘
린 돌

점, 선, 면으로 이루어진 아파트 단지 안내도
아무리 들여다보아도 집으로 가는 길은 찾을 수 없고
발이 자꾸 젖어드는 것 같지 않아?
옆을 돌아보자 너의 얼굴엔 이끼가 가득했다
우리는 점점 딱딱해지는 손을 잡은 채
아파트 단지 안내도만 뚫어져라 쳐다보았다
누군가가 물수제비뜨는 소리를 들었다
우리 이름을 맞추는 소리를 들었다

—「점, 선, 면」 부분

마치 「짝꿍의 이름」에서 손을 잡고 걷던 짝꿍과 화자가 「점, 선, 면」에서는 아파트 단지의 산책로를 걷고 있는 듯하다. 이들은 아파트 단지의 산책로를 따라가다 보이는 저마다의 돌의 이름을 맞추는 놀이를 하며 걷는다. 이들이 돌아가야 할 곳은 아파트 단지와 멀리 떨어진 "지붕이 낮은 집"이지만, 돌 이름 맞추기 놀이를 하는 이들에게 집으로 돌아가는 길은 묘연하다. 「짝꿍의 이름」에서 돌이 꿈의 흔적을 간직한 사물이었듯, 이 시에서 돌은 산책로에 환상성을 주입하며 산책로를 미로와 같은 공간으로 만든다. 이 미로 안에서 "점, 선, 면으로 이루어진 아파트 단지 안내도"가 안내하는 경로의 정확성과 효율성은 무용해지고 만다. "숲을 헤매다 요괴를 만났지"라는 구절로 시작하는 「보리 감자 토마토」에서도 나타난 것처럼 박은지의 시에서 헤맴

135

은 특정한 계획이나 의도에서 벗어나 환상적인 것과 조우하는 계기가 된다. 「점, 선, 면」으로 돌아와 보면, 목적지로 향하는 길을 잃은 두 사람은 서로 맞잡은 손이 축축해지고 발이 젖어드는 것을 느낀다. 이 축축함은 마침내 이들의 얼굴에 "이끼"가 끼고 손이 "딱딱해지"며 돌로 변신하는 환각을 일으킨다. 돌의 이름을 맞추는 놀이를 하던 두 사람은 그 자신이 돌이 되어 누군가가 돌을 주워 물수제비뜨는 소리를 "우리 이름을 맞추는 소리"로 듣게 된다. 이처럼 박은지의 시에서 돌은 꿈과 현실을 매개하는 동시에 현실을 현실 이상의 것이게 하는 잠재적인 영역을 활성화한다. 꿈의 논리로 재조직되는 산책로에서 "우리"와 돌 사이의 자리바꿈은 이토록 태연하게 이루어진다.

오늘은 공동묘지를 서성입니다 여기선 어떤 마음을 먹어야 하는지 알 수 없어요 대신 주머니에 있던 작은 돌을 올려두었습니다 희고 붉은 꽃들 명복은 무엇일까 여전히 알 수 없는 일투성이지요

(······)

검은 우박이 쏟아집니다 번쩍하는 폭발음은 이제 익숙한데 노래가 산산조각 나는 건 아직도 낯설어요 이렇게 친구의 꿈이 날아와 옷자락을 적실 때는 도무지 두 손을 움직일 수

가 없지요 무너지는 햇빛 아래 작은 돌이 축축합니다 눈물의
움직임이 끄덕끄덕해요 그제야 생각합니다 텐트 안에 두고
온 우리의 명복을

—「텐트 앞에서」 부분

이 시에서 돌은 꿈과 현실만이 아니라 죽음과 삶을 매
개하기도 한다는 점을 확인할 수 있다. 「텐트 앞에서」의 화
자는 공동묘지에서 주머니에 있던 작은 돌을 올려 두는 일
로써 죽은 이의 명복을 빌고자 한다. 추모의 의미로 묘소
에 돌멩이를 올려놓거나 기복의 의미로 돌을 쌓는 것과 같
은 행위는 이 시대에도 돌에 관한 애니미즘이 희미하게 이
어져 오고 있다는 증거이다. 물론 이 시에서 화자는 명복
을 빈다는 것이 무엇인지, 작은 돌을 올려 두는 행위로 산
산조각 난 마음이 과연 위로가 될 수 있는지 도무지 알지
못하고 확신하지 못한다. 그럼에도 공동묘지를 서성이며 마
치 "눈물의 움직임"이 고체로 응결된 듯한 축축한 돌을 올
려 두는 마음에 대해서 말하지 않을 수 없다. 또한 그것을
쓸 수밖에 없는 마음에 대해.

「새로 산 공책」을 읽는다. 화자는 새로 산 공책에 "사랑
의 시작부터 쓸 작정"을 한다. 그런데 매끄러운 종이를 만
지다 "꿈의 문을 열고 들어"서는 것은 "끝도 없이 늘어선
무덤 사이로/ 키 큰 풀을 눕히며 걸어"오는, "지난 계절/ 사
랑했던 것들"이다. 이 밀려드는 것들을 마주하며 화자는

"그래도 줄을 좀 서서 차근차근 오면 안 될까" 말하지만, 밀려나고 잃어버린 것들은 언제나 예고도 없이 한꺼번에 밀려오기 마련이다. 그렇게 "지난 계절 사랑했던 것들은 저마다의 주머니에서/ 바지춤이나 발밑에서 바람에서 무언가 익어 가는 소리에서/ 공책을 꺼내 들어 지난한 시간을 펼쳐 보였다". 쓰는 자는 시인이지만, 쓰게 하는 것은 시인이 아니다. 지난 계절 사랑했던 것들이 시인으로 하여금 쓰게한다. 꿈의 문을 열고 들어선 "그을리고 까지고 거칠거칠한" 질감의 돌과 같은 "그런 이야기"들을.

아무도 아닌 그 누구에게

이처럼 글을 쓴다는 것은 자발적인 의지에 의한 것만이 아니라 무언가를 쓰지 않을 수 없는 강제성에 압도되는 일이기도 하다. "아프면서도 차가운 그 발소리를/ 밤이 전부 지나가도록 받아 적었다"(「녹지 않는 눈」)거나 "낯선 소리의 방문/ (……) 낯선 소리를 따라 한 명씩 사라졌다 귀신처럼"(「예고편」)과 같이 낯선 소리에 속수무책으로 이끌리는 장면들은 의미화되지 않는 소리를 향한 시적 언어 특유의 인력을 보여 준다. 「새로 산 공책」에서 "지난 계절/ 사랑했던 것들"이 이야기를 펼쳐 보일 때 화자가 이를 "동쪽 끝에서부터 불길이 서서히 다가오는 것"으로서, "공책이 타오르는 것"으로서 감지했듯 이 압도적인 힘은 강렬한 연소 작용을 동반하기도 한다. 이 연소 작용은 꿈속에서 "하얀 조약돌과 물보라가 찍힌 폴라로이드, 오래전 두고 온 잠든 엄마의 얼굴, 밤새 산산조각 낸 이야기가 푸른빛을 내며 타들어가"며 "손이 불"탄다는 이미지에서도 확인된다(「구름 위에서 달을 볼 때」). 글을 쓰는 두 손은 이 강력한 화기에 타 버리고 "한 줌의 재"가 된다.

> 저마다의 언어로 안부를 전하고
> 왠지 몰라도 모두 알아들을 수 있었지
> 누구는 이제 시작이라고 어깨를 두드렸고
> 누구는 감탄하며 불타는 손을 카메라에 담았다
> 누구도 불을 꺼 주지 않았고 누구도 손을 잡아 주지 않았지만
>
> —「구름 위에서 달을 볼 때」 부분

> 누가 본 걸까 나의 외줄 타기를
>
> 아무도 몰래는 실패했습니다
> 누군가가 눈을 숨겼을 기둥을 이해해 보려고 합니다
>
> 지난주에 줄에서 떨어진 사람은 어떻게 되었나요
> 덕분에 제가 줄에 오르게 되었어요

왜 아무도 대답해 주지 않는 걸까

(……)

아무도 몰래 줄 위에 올라
누구도 듣지 못할 말을 내뱉습니다
　　　　　　　　　　　　　―「주말 상설 공연」 부분

　이 시집 곳곳에는 그렇게 쓰인 글이 모두의 격려나 감탄
을 불러일으킨다 하더라도 그 누구도 이 불타는 손의 불을
꺼 주지 않고 잡아 주지 않는다는 불안이 새겨져 있다. 「주
말 상설 공연」에는 특별히 열린 "이해와 공감의 축제"에서
"남몰래 연습해 온 외줄 타기"를 선보이게 된 곡예사가 화
자로 등장한다. "이해와 공감"을 위해 열린 이 축제에서 '나'
의 외줄 타기는 관람객의 시선을 의식하며 이루어지고, 이
위태로운 곡예를 본 사람들의 격려의 박수가 쏟아진다. 모
두의 만족스러운 얼굴로 공연은 마무리되지만 화자는 "나
의 찢어진 밤"이 얼마나 보였을지 알지 못한다. 화자는 그
렇게 "누구도 듣지 못할 말을 내뱉"으며 아무도 몰래 줄 위
에 오른다. 이해와 공감의 축제라는 표현은 아이러니하게도
이 곡예사를 향한 이해와 공감이 정작 그를 고립시킨다는
점을 강조한다. 여러 문학작품에서 외줄 타기를 하는 곡예
사가 세상으로부터 이해받지 못하는 고독한 예술가의 상징

으로 등장해 왔다는 점을 떠올려 본다면, 이 시는 시를 쓰는 일에 따르는 불안에 대한 시로 읽히기도 한다.

그런데 이 시에서 화자는 "지난주에 줄에서 떨어진 사람"을 찾고 이 사람 "덕분에 제가 줄에 오르게 되었어요"라고 말하고 있다. 자신이 공연을 선보이게 될 수 있던 것이 자신에 앞서 공연을 선보인 존재가 줄에서 떨어졌기 때문이라는 사실을 알지만, 이에 대해서는 어떤 대답을 들을 수 없다. 말 그대로 목숨을 위태롭게 하는 이 곡예에서 떨어진 사람은 기억되지 않고, 현재 줄 위에 오른 사람을 향해 격려의 박수가 쏟아지는 장면은 자못 섬뜩한 느낌을 주기도 한다. 이러한 대목 때문에 이 시의 곡예사에는 낭만주의적 예술가의 이미지뿐만 아니라 대체품으로 소모되고 내버려지는 노동자의 모습도 겹쳐진다. "회의실 밖은 사이렌 소리가 여전하다// 다시 태어나면 무엇으로 태어나야 합니까/ 아무도 죽지 않은 바위, 아무도 오르지 않은 크레인, 끝내 출발하지 않는 열차"(「비를 쏟아 낸 얼굴」)나 "계약은 약을 삼키게 했지만/ 병환에 대해 아무도 묻지 않는 게 좋았어요/ 아침엔 살고 저녁엔 사라지는 일에 대해"(「계약직」)와 같이 취약한 노동 환경에서 비롯한 죽음이 부분적으로 암시된 시들을 함께 놓고 본다면, 이러한 해석이 과도한 해석은 아닐 것 같다. 요컨대 「주말 상설 공연」에서 자신이 하는 말이 아무에게도 들리지 않는다는 불안은 시를 쓰는 자의 것만이 아닌 시대적 증상이기도 하다.

그러니까 약간 죽은 체하고 있으면
괜찮아
숨 쉴 구멍이 생기고
월급도 나오고

(……)

그러나
살아 있어

우리는 죽지 않았으니까
천국이나 지옥을 말할 수 있잖아

(……)

막 맛있다고 말하고 싶은데
아무리 소리를 내도
서로의 목소리를 들을 수 없고
그저 눈빛으로만
이해하려 애쓰다가

하얀 접시에 나온
자두를 한입 베어 물고는

"아 행복하다"
가만히 흩어지는 목소리

*

그러면 꼭
그 소리를 들은 사람이 다가와
돌 위의 먼지를 닦아야 한다고 말하지
어둠이 올 때까지

우리는 또 열심히

먼지를 쓸고 닦고 모으고 닦고 모으고

　　　　　　　　　　　　　　　　　　─「(　)에게」 부분

　이 시에도 "서로의 목소리를 들을 수 없"다는 불안이 읽힌다. 이 시에서 분명해지는바, 박은지의 시에서 삶과 죽음의 경계가 흐릿하게 나타나는 또 다른 이유는 우리가 "약간 죽은 체하고 있"지 않으면 "숨 쉴 구멍"도 없고 "월급"도 나오지 않는 시대를 살고 있기 때문이다. 이러한 현실이 「의자들」에는 살아 볼 미래를 위한 자리가 마련되어 있지 않고 "나무 바람 햇볕"과 같이 "여유가 없어도 만날 수 있는 것들"을 초대해 보아도 "방에선 나무가 곧잘 죽"고 "바람이 불지 않는 날이 오래되"고 "햇볕이 닿기엔" 창문이 너무 작은 탓에 "아무도 오지 않"는 모습으로 그려지기도 한다. 「( )에게」에는 살아 볼 미래와 여유를 가지지 못해 "조금 죽은 체"하고, "늘 필요한 말만 해야" 하는 노동자가 화자로 등장한다. 그는 "얼음이 녹아 투명해진 아메리카노, 반만 올린 블라인드, 몇 알 남지 않은 비타민, 먼지와 먼지, 먼지와 먼지, 먼지…… 사실들"로 채워진 곳에서 조용히 소진되어 간다.

이런 화자에게 자신의 살아 있음을 증거 하는 것은 "죽지 않았으니까/ 천국이나 지옥을 말할 수 있"다는 사실이다. 지금 여기의 현실이 우리에게 주어진 유일한 현실이 아닐 수 있다는 믿음을 현실화하는 데는 상상과 환상의 힘을 필요로 한다. 그렇기에 화자는 이번만큼은 "필요한 말"이 아닌 조금은 쓸모없어 보이는 그런 이야기들을 말하고 싶어 한다. 그 이야기란 창밖으로 보이는 "언덕을 넘어가"거나 "내려앉는 눈 위를 뒹굴"거나 "녹음이 우거진 호수에/ 뛰어"드는 환상에 대한 이야기이다. 이 환상을 좀 더 들여다보자. 자신이 할 수 있는 것은 "생존 수영"밖에 없지만 이 환상 속에서 호수 속에 뛰어들어 물에 잠겨 있을 때, "가라앉지 않으려고 팔을 휘저을 때"의 "기쁨"을 느낄 수 있다. 그리고 이어지는 장면에서 이들은 호수 밖으로 나와 함께 훠궈를 먹는다. "우리"는 "버섯이며 청경채며 지난날 목적 없이 취해 걸었던 길이며 나름대로 세워 봤던 목표며 날카롭게 깎인 연필, 보내지 못했던 울음, 목까지 차오른 쓰라림"등을 냄비에서 빠뜨렸다가 꺼내 먹는다. 그런데 맛있다고 말하고 싶어도, 맛있다는 소리를 낸다 해도 "서로의 목소리를 들을 수 없"는 것은 저마다의 실패와 울음과 쓰라림이 우리가 목소리를 내고 서로의 목소리를 듣는 일마저 어렵게 만들기 때문이다.

그럼에도 이러한 억눌림을 뚫고 자두를 한입 베어 물자 나오는 "아 행복하다"는 목소리가 있다. 그리고 이 목소리에 응답하며 다가와 "돌 위의 먼지를 닦아야 한다"고 말하는 사람이 있다. 이들은 돌의 빛이 바래지 않도록 먼지를 쓸고 닦고 모으고 또 닦는다. 이러한 행위에서 드러나는 환상에 대한 애착이야말로 이 사회에 무엇이 필요한 말이고 그렇지 않은 말인지, 무엇이 행복이고 행복이 아닌지 규정하는 기준을 흐트러뜨리는 힘의 원천이 될 수 있을지 모른다. 그렇게 누군가의 목소리에 응답하며 "잘 살자고/ 손을 꼭 잡고/ 그래도 잘 살아야 한다고" 말하며 그 "어깨에 쌓인 먼지를 털어 주"는 일이 우리로 하여금 조금 더 걸어갈 수 있게 만든다. 먼 곳을 상상하는 일이 어떻게 가까운 곳을 외면하지 않으면서 동시에 절벽에서 떨어지지 않을 수 있게 하는가. 나는 이 질문에 대한 대답으로 박은지의 시를 내놓고 싶다.

지은이　　박은지

2018년 《서울신문》 신춘문예를 통해 작품 활동을 시작했다.

여름 상설 공연

1판 1쇄 펴냄 2021년 9월 10일
1판 11쇄 펴냄 2024년 7월 18일

지은이 박은지
발행인 박근섭, 박상준
펴낸곳 (주)민음사

출판등록 1966. 5.19. (제16-490호)
서울특별시 강남구 도산대로1길 62(신사동)
강남출판문화센터 5층 (06027)
대표전화 02-515-2000 / 팩시밀리 02-515-2007
www.minumsa.com

ISBN 978-89-374-0908-0 04810
　　　978-89-374-0802-1 (세트)

* 잘못 만들어진 책은 구입처에서 교환해 드립니다.

민음의 시

민음의 시
목록